象征中的秩序

河南评论家文丛

孙先科 著

河南大学出版社
HENAN UNIVERSITY PRESS
·郑州·

图书在版编目(CIP)数据

象征中的秩序 / 孙先科著. -- 郑州 ：河南大学出版社，2022.1

ISBN 978-7-5649-5002-6

Ⅰ. ①象… Ⅱ. ①孙… Ⅲ. ①中国文学－当代文学－文学评论－文集 Ⅳ. ①I206.7－53

中国版本图书馆 CIP 数据核字(2022)第 018304 号

责任编辑 侯若愚
责任校对 韩 露
封面设计 翟淼淼
出版发行 河南大学出版社
地址:郑州市郑东新区商务外环中华大厦 2401 号　邮编:450046
电话:0371-86059701(营销部)　网址:hupress.henu.edu.cn
排　　版 河南大学出版社设计排版部
印　　刷 河南瑞之光印刷股份有限公司

版　　次	2022 年 1 月第 1 版	**印　　次**	2022 年 1 月第 1 次印刷
开　　本	890 mm×1240 mm　1/32	**印　　张**	6.875
字　　数	125 千字	**定　　价**	42.00 元

目　　录

从"玻璃瓶"到"野葫芦"

——宗璞的第一篇小说和她爱情书写的诗学特征

一　第一篇小说发表于何时何处

宗璞的第一篇小说是什么？发表于何时何处？小说叙述了一个怎样的故事？对于一位还健在的当代作家来说，这样最基本的史料学问题应该是极容易回答的。但事实上，答案并不确切，甚至有些混乱。作者本人能够肯定地说出第一篇小说的名字，但对于出处和小说内容却记忆、表述有误，导致以讹传讹者颇多。在接受女作家施叔青访谈时，宗璞说："上大学时在天津《大公报》发表了第一篇小说，笔名绿繁。那时我在学法文，小说名字叫《A.K.C.》，法文'打碎'的意思。故事是一个小女孩把信装在瓶里要男孩打碎，男孩不懂，错过了，后来他一直在遗憾中度日。"①

在《说虚构》一文中，宗璞又说："一九四八年，我写第一篇小说，刊登在天津《大公报》上。内容是编造的爱情故事。现在这篇小说找不到了，它的价值不大，并不让人太遗憾。有趣的是这篇小说的题目，可以提一提。这题目用的是法文，《A.K.C.》。当时我正在上大学，法文是我的第二外语。"还说："'A.K.C.'是 à casser 的谐音，意思是打碎它。小说中男主角送给女主角一件瓷器，上面刻着'A.K.C.'，但是女主角舍不得打碎它，就没有得到藏在其中吐露真情的信。两人错过了，成为终身之恨。"②

很显然，这里对故事内容的复述发生了颠倒：写信留下谜语的变成了男主角，但没有"打碎"瓶子而错失机会的变成了女主角。这段文字中提供了另一个重要信息，即小说发表的时间：一九四八年。但很遗憾，这是一个错误的时间信息，这是导致"小说找不到了"，导致《宗璞文集》对此事的记录只能将错就错，致使其他研究者以讹传讹，致使作者对故事的复述前后不一的根本原因。

准确的信息是：《A.K.C.》分上、下两部分分别发表于天津

① 施叔青：《又古典又现代——与大陆女作家宗璞对话》，《人民文学》1988年第10期。

② 宗璞：《宗璞文集》第四卷，第299页，原载《读书》1994年第10期，编者改题为《虚构，实在很难》。

《大公报》1947年8月13日和20日，署名绿繁。故事发生在法国巴黎。女主角波娃莉小姐是一个美丽、天真、无忧无虑的少女，父母挚爱，朋友众多，在一个温暖和谐的环境中长大。有一天，在一个宴会上认识了一位态度谦恭、行为方正的年轻人，两人互生好感，渐生情愫。但是，两人都沉默着，不首先表达爱情。直到有一天，两人相约游湖，少年交给波娃莉小姐一个精致的玻璃瓶后，远离家乡，从此杳无音讯。波娃莉小姐在等待和怀念中渐渐枯萎、老去，拒绝了其他人的求婚，父母也先后去世了。她把小玻璃瓶像圣物一样放到一个丝绒袋子里供奉起来，寄托着自己的爱意与思念。一天，邻居家的小男孩不小心打破了小玻璃瓶，在玻璃的碎片中，波娃莉小姐发现了一张纸条，正面写着："你愿意交给我你的手和心吗？"反面是："希望你能在一星期内告诉我'可以'，过了七天，就表示我将有不幸的一生，也不必再用你的笔迹，来催促我走向灭亡了。"在玻璃瓶底上还有三个字母：A.K.C.。波娃莉小姐反复念叨着A.K.C.，她突然领悟，A.K.C.即是法文a'casser的缩写，意思是"打碎它"。明白了事情真相的波娃莉小姐晕了过去。

宗璞自己说，这是一个"编造的爱情故事"，"它的价值不大"，找不到它，"并不让人太遗憾"。从小说的内容来看，故事的成立主要立足于一个悬念、巧合与误会，即少年将求爱的信息放到了玻璃瓶中，而波娃莉小姐恰好错过了阅读它的时机，因而造成一对有情人不能成为眷属的爱情悲剧。这样的故事套路是中外古今感伤爱情故事司空见惯的,作者说是“编造的”“价值不大”,是有道理的。但是,完全抹杀这篇小说的价值是错误的。甚至可以说,这篇小说的价值不可低估,尤其是将它放到宗璞爱情小说创作的整个序列和谱系中,从发生学的意义上去看它,它的价值更是非同小可,宗璞在此后的爱情小说创作上很多方面受到这篇小说的影响。或者换句话说,这篇小说中的诸多元素,如故事、主题、叙述方式、情调与美感形态等在她以后的小说中反复呈现。本文通过解读宗璞的第一篇小说及其和以后作品的关联,一是为疏通宗璞小说创作的脉络,更完整、更清晰地呈现宗璞小说创作的内在联系和整体风貌。二是从这篇小说开始,能看到宗璞在人生和爱情认知方面所体现出的神秘感与悲剧姿态一以贯之地运行于她以后的小说创作中,由此形成了她在爱情书写上的独特气质与特殊内涵,在整个当代文坛都独树一帜。因此,将包括第一篇小说在内的她的爱情小说创作作为一个自洽的整体,挖掘、阐释宗璞爱情小说的特殊气质与内涵,从某种意义上既能见出她所有小说创作的某些端倪,甚至还能切换到更宽阔的文学史领域和美学领域,牵引出更具学术意义的命题。

二 “人生不如意事常八九”

《A.K.C.》的故事背景在法国首都巴黎，主人公是两位法国青年男女。但是“异域”色彩更像一副面纱，用以制造神秘的氛围或者用来遮挡故事与作者之间的联想关系。面纱下面的故事却是人类性的，在各个民族、各种文化和文学中都司空见惯：情窦初开的少男少女因为羞涩或某种禁忌不敢公开向对方表达爱情，延宕造成误会或者某种外力的介入导致相爱的双方劳燕分飞，爱情成为一种永远的痛。“两人错过了，成为终身之恨”，作者自己脱口而出的这句话，既是对这篇小说言简意赅的总结，事实上也成为她此后爱情小说甚至是所有涉及爱情经验的一个常规模式，“两个人错过了，成为终身之恨”，换成一个更通俗、简约的说法——“有情人难成眷属”，成为宗璞爱情话语在故事层面上最显著的“症候”。

《红豆》是宗璞在建国后创作的第一篇有重大影响的小说，也是继《A.K.C.》之后又一篇涉及爱情描写的作品。尽管如作者所说：“我写的其实是为了革命而舍弃爱情，通过女主人公江玫的经历，表现了一个小资产阶级知识分子怎样在革命中成长。”表达的是“爱情诚可贵，甘为革命抛”[①]的宏大主题，但不可否认的是，江玫与齐虹之间“有情人难成眷属”的爱情故事及其悲剧结局成为这篇小说让人唏嘘不已、难以忘怀的重要原因之一。洪子诚先生说，《红豆》发表后，他们一帮同学曾到颐和园玉带桥“考察”江玫和齐虹定情的地点，[②]足见这篇小说的爱情故事在同代人心中引起的震撼。

《三生石》发表于1979年，是宗璞劫后余生的一部重要作品。小说开宗明义地写道：“小说只不过是小说”，这种对常识郑重其事的宣言恰恰透露出某些“超常识”的隐秘，即这部小说实际上具有相当程度的传记性。或许正是基于自己的婚姻经验，《三生石》出现了宗璞小说中极少见的“大团圆”结局，即以梅菩提和方知这两个苦命人相濡以沫式的婚姻为故事画上了一个暂时的句号。正如鲁迅在《阿Q正传》中以“大团圆”式的喜剧来传达悲剧内涵相似，《三生石》中梅菩提与方知相濡以沫的爱情和危如累卵的婚姻，述说的同样是社会与人生的悲情。虽以“有情人终成眷属”终了故事，但“有情人难成眷属”之“难”仍是这部小说的主调。

《心祭》从大结构上看就是一个“未亡人”对爱情往事的追

① 施叔青：《又古典又现代——与大陆女作家宗璞对话》，《人民文学》1988年第10期。

② 洪子诚：《问题与方法》，生活·读书·新知三联书店，2002，第17页。

怀与悲悼，挽歌的调子构成了这篇小说的主旋律。“此情可待成追忆，只是当时已惘然”，李商隐的这两句名诗既铺排出小说的结构，也点化出它的悲剧意蕴。“此时之情”与“当时之事”构成小说的“复调”，追忆之苦涩和怀念之惘然则共同构成了这篇小说忧郁感伤、优雅迷离的氛围与气息。而这种“复调”得以展开的故事内核仍然是“有情人难成眷属”——主人公程抗与黎倩兮之间真挚相爱却又无法走到一起，终至天海永隔的悲剧。

1993 年前后，宗璞先后写作、发表了三篇爱情小说：《朱颜长好》《勿念我》和《长相思》。这三篇作品分别原发于美国的《世界日报》、中国台湾的《联合报》和中国香港的《大公报》，预设的读者主要是生活于内地以外的华人群体。《朱颜长好》的篇末附有作者的一段说明：“1990 年春拾旧意构思，断续至 1993 年 2 月 22 日成之。”由上述信息可以推知，这三篇小说有一个特殊的“生产场域”：1.小说写作是由沉潜于作者心中的某些意绪触发引起的；2.小说使用了中国古典诗词的意境与意象；3.预设读者主要是对古典文学传统有较深濡染的海外华人知识分子。这一特殊的“生产场域”很大程度上决定了这一组小说在基本面相上和《红豆》《三生石》等写实性与历史感较强的作品不同，而是与《A.K.C.》《心祭》等有更多的同气相求，写心境、写意绪的成分占据了主要的地位，对爱情、婚姻有更专注、更纯粹地思索与追问。

三篇小说均虚化、弱化对故事发生历史情景的描述，而通过写爱情和婚姻的极端状态增强故事的强度与张力，从而强化小说思索与追问的气质。《朱颜长好》是“钗黛合一”故事的变体，是女性版的“宝、钗、黛”爱情故事的翻演。林慧亚和珉、琦是三个青梅竹马的好朋友，慧亚嫁给了稳重、谨慎的珉，但内心更钟情敏捷、浪漫的琦。慧亚在一场事故中失去了珉和他们的双胞胎儿子，三十年后在美国与琦再次相遇。琦已经垂垂老矣，依靠轮椅生活。但他仍怀念着慧亚，坚持要把三十年前准备好的房子送给慧亚，但慧亚的耳边却响起安葬于白桦林中的珉的呼唤，不知所以的慧亚和最初陷在两难选择中一样，再次陷入茫然与惆怅。这篇小说在构思上使用了美学的分身术，珉和琦代表了理想的男性品质的互补的两面，或者说是女性欲望借助男性形象投射出的两种向度，就像“钗黛合一”完整地投射出男性对女性的双重想象与双重欲望一样。贾宝玉的“钗黛合一”理想是一场悲剧，林慧亚（同学称她林妹妹）的同时拥有两块宝玉的愿望也只能是镜花水月。《勿念我》反写“勿忘我”的浪漫爱情故事，叙述一位丈夫在妻子去世后发现妻子另有所爱。小说从受蒙蔽的丈夫的视角展开叙述，使故事失去了“勿忘我”模式固有的浪漫与温情（从妻子的角度就是一个“勿忘我”的故事），而使故事具有了强烈的道德挑战性和残酷的力度。考虑到作者为人物命名时一贯的用心良苦，她把男主人公命名为“戈欣”是别有深意的。或者说，对主人公的命名方式，就是作者赋予这个“勿念我”故事的深层意义。她要写的是婚姻中夫妻“隔心”（戈欣与隔心谐音）这一事实，是同床异梦的同义语。《长相思》的篇名唤起读者的古典情思，但在我看来，它的故事本身与这一命名多少是有些反讽的。小说写了一个现代社会中的痴情女，一个“寒窑苦等”的故事。小说的反讽一方面表现在主人公秦八姐的行为与现代社会的格格不入，另一方面也表现在秦八姐痴等一生的男主人公不仅已婚，而且还是一个驼背的、被社会和生活磨去棱角的老人。

《野葫芦引》是宗璞近年创作的一部史诗性的作品，最大限度地征用了作者的人生经验。尽管《野葫芦引》到目前只完成了前“三记”（《南渡记》《东藏记》《西征记》），故事还不完整，但从已经呈现出来的内容看，所写的所有爱情关系均是悲剧性的或将是悲剧性的。嵋与无因的关系是波娃莉小姐爱情故事以及玫与齐虹爱情故事的翻版，是典型的“两人错过了，成为终生之恨”的故事演绎。峨是一个性情古怪的痴情女，她的故事是典型的“所爱非人”的悲剧。卫葑与凌雪妍的关系是宗璞以前小说中不曾出现过的，是最新鲜、最具原创性的。她们的爱情童话一般的美丽，但凌雪妍意外的失足落水，使美丽的爱情童话演变为一出凄美的爱情绝唱。小说围绕卫葑又安排了玹子与何曼两个女性，预示了卫葑将会在爱情的撕扯中左支右绌。无论具体的结局是什么，从作者为卫葑所定位的"爱他所不信的，信他所不爱的"矛盾性格和相互冲突的信仰来推测，围绕卫葑的爱情故事几乎肯定是悲剧性的。

通常意义上来说，爱情小说可以从经验类型和情节布局上区分为两类。一类是写爱情发生的，往往遵从主人公相识、相知、相爱的逻辑线索发展，定情或结婚是其结局。另一类是写爱情变故的，往往是以婚姻为起点，写各种因素引发的主人公之间的爱情矛盾与纠葛，经过自助或他助的过程以后，爱情得以新生（破镜重圆或者缔造新的爱情关系）。宗璞的爱情话语涉及这两类小说。在前者来说，"有情人难成眷属"是其基本故事模式；在后者，宗璞的小说很少蹈入常规模式，她笔下的婚姻经常表现为"先天性"的缺陷：美好的婚姻关系总是表现为暂时性、表面性，而残缺、不完满、欺骗性则是她书写婚姻的基本特征。总之，悲剧性是宗璞把握和书写爱情的基本姿态。为什么呢？宗璞的夫婿蔡忠德说过宗璞的小说都有类似的主题，"那就是人总要追求理想，却难免有种种缺陷，'人生不如意事常八九'"①。蔡忠德这里所说的"主题"，转换成对

---

① 蔡忠德：《我和宗璞》，《宗璞文学创作评论集》，人民文学出版社，2003，第396页。

作者的评价也是恰当的，即认为“人生不如意事常八九”的残缺意识，认为人生不可能圆满的缺陷感，决定了作者在进行爱情叙事时悲剧性的审美姿态。

三　“你是有洁癖的”

从创作心理学的角度来说，作家的认知角度与认知方式决定他的审美把握方式与审美姿态。那么，是什么决定了他的认知方式与认知角度？笼统的回答是：经验。具体到是哪种或哪些经验起到了决定性的作用，每个作家都因为其独特的生存境遇而各有不同。按此逻辑，宗璞爱情话语悲剧性的审美姿态、有缺憾感的认知态度背后显然有一种“创伤性经验”作为支撑。这一推论方式将此文的写作置于困境：必须以实证的方式证明作者有过此种“创伤性经验”，而事实上是，对于在为人和为文方面高度严谨的宗璞来说，这种爱情的“创伤性经验”根本是无法落实的。但是，宗璞爱情言说中一个十分突出的文本现象、一个修辞学层面的典型症候又使我们展开深度阐释成为可能。我们注意到，宗璞的爱情言说中频繁地出现一个身份、经历、感情态度、精神品格高度统一，作为叙述人或内聚焦的焦点人物而出现的女性主人公，如《A.K.C.》中的波娃莉小姐、《红豆》中的玫、《三生石》中的梅菩提、《心祭》

中的黎倩兮、《朱颜长好》中的林惠亚、《野葫芦引》中的嵋等。这一系列形象共同构成了宗璞爱情话语中的一个女性爱情主体。无疑的是，这一女性主体包含了作者的某些传记经验；但更加无疑的是，她不完全是作者的爱情传记，作为一个形象主体，她比作者的传记经验更丰富、更鲜活。这一系列中的每一个形象未必都能完整地体现出女性主体的成长历程、性格特征、精神意向，但作为一个集合、一个系统、一个有机的整体，这一女性爱情主体又确定无疑地能够完整呈现作者赋予这一女性主体的既完整又丰满的精神脉象。她不是作者，但代表了作者。因此，通过勾勒这一女性爱情主体的传记形象、成长经历与精神特征，不仅可以大致了解作者悲剧性审美的心理学渊源，而且通过了解这一女性主体性格的独特性与精神的丰富性，可以对宗璞爱情言说中思想的深邃与细密的文化气息有更深的介入和理解。

宗璞笔下的女性爱情主体出生于父慈子孝的“书香之家”，“谈笑皆鸿儒，往来无白丁”。“书香之家”这一家族形态有别于中国现当代文学中两种成熟的家族类型。一是启蒙叙事视野中的封建家族，如巴金“激流三部曲”中的高家、路翎《财主底儿女们》中的蒋家。另一种是革命视野中的剥削者与反动派家族，如《红旗谱》中的冯兰池家族、《风云初记》中的田耀祖家族等。“书香之家”是中国现代转型过程中出现的典型的知识分子家庭，它的家长是像鲁迅、胡适、冯友兰等一样的中西文化皆通的硕儒，因此有着良好的家教：就人格教育而言，传统儒家的“修齐治平”“仁义礼智信”与西方现代的人本主义互为表里；就文学艺术教育而言，中国传统经典中的诗书画与西方的文学、音乐、美术相互为用，培养和造就了宗璞笔下女性爱情主体的一种既古典又现代的特殊“闺秀”气质。

但在主体成长最重要的人生阶段，即在童年期和青春期遭受了来自内外两面的“创伤”。来自外面的创伤我称之为“国殇”。日本人入侵造成的家国离乱使女性主体亲历了颠沛流离之苦与丧权辱国之痛，由此对家、亲情、友情、爱情有着一种格外的珍视和高度的敏感。来自内面的创伤我称之为“情殇”。这一女性爱情主体在青春期与一个出色的少年之间产生朦胧的爱情，但“闺秀”的克制、羞怯、内敛让她无法首先表达爱情，后因少年的意外出走这种爱情被戛然中断，在她的心中留下了永远的阴影与伤痛。在《A.K.C.》中，波娃莉小姐“错过了，留下永远的痛”，并且感慨：“人是太复杂了，复杂到连自己也莫名其妙”，“世界上谁又真正了解谁呢？好懦弱的人类啊！”可见这种伤痛之深。在《野葫芦引》中，嵋与无因的爱情也因为无因的出国深造无疾而终，给嵋造成深层的伤痛。“国殇”与“情殇”这种共同的创伤性经验与特有的“闺秀”气质，造成了这一女性爱情主体在认知世界和把握世界时的缺憾感与悲剧意识。

另外，一种更加特殊的“创伤性经验”被指出来可能具有更大的美学意义。我这里指的是一种文化阅读经验，一种被文学艺术中的感伤传统所内化的想象性经验。李商隐、晏几道、李清照等都在中国文学史中留下了许多优美的爱情篇章，其中最为后人所称道的正是那些充满感伤意绪的篇什，这些篇什经常出现在宗璞的小说中，构成小说中很重要的组成部分。“红豆生南国，春来发几枝？愿君多采撷，此物最相思”（王维）；“此情可待成追忆，只是当时已惘然”（李商隐）；“把镜不知人易老，欲占朱颜长好”（晏几道）。正是这些篇什中的意象、情绪、意境等成为宗璞爱情小说直接或间接的触发因素，也是这一爱情主体感知、体验、传达爱情的主体情志。很难说是因为个人的爱情创伤使这一女性主体的接收视野更容易地选择了文学中的感伤传统，还是因为这种阅读经验塑造了她的爱情态度与心性而导致了爱情挫折。孰因孰果或许并不重要，重要的是，文学史中的感伤因子与气息作为一种次生经验进入了对这一女性主体性的塑造，构成了她成长过程中一个重要的结构性因素。

“书香之家”培养的特殊“闺秀”气质与后天成长过程中所遭遇的“创伤性经验”相结合，塑造出这一女性主体特有的性格特征与精神气质。《三生石》中慧韵评价梅菩提的话“你是有洁癖的”(在《东藏记》中这句话也被用来评价嵋)可用来概括这种精神特质,精神洁癖可以说就是宗璞笔下女性爱情主体的精神共性。

精神洁癖主要表现在两个方面。第一,女性爱情主体在爱情生活中重精神、重文化,轻物质,把男性爱情主体在精神上的呼应看得至高无上。由于女性爱情主体的“闺秀”身份和良好的文化教养,对男性爱情主体的要求与期待就非常高,可谓条件苛刻。一是要有共赏“高山流水”的雅趣与能力,即借助于艺术语言能达到心有灵犀一点通;二是容不得对方身上的半点俗气,市侩与政治投机者被极度鄙视和轻蔑。《红豆》中的江玫与齐虹是有隔阂的,江玫在政治上成长脚步越大,她与齐虹之间的距离越远。但是,江玫之所以能够与齐虹相爱并且在政治鸿沟越来越深时还对他恋恋不舍,是因为齐虹弹得一手好钢琴,贝多芬与肖邦让两个人在精神的另一层面上息息相通。《三生石》中梅菩提对爱情有着近乎圣洁、完美的理解,容不得任何俗气与杂念。她的初恋就与艺术相关:“菩提的梦网最初罩落在一个邻居的亲戚身上。那是回到北平后的事了。那年轻人已入研究院。暇时便拉提琴,修长的身影投在窗帘上,琴声悠扬地萦回飘荡,使得菩提的心在琴声里缓缓融化。”后来,大学里的同事韩仪(可能谐音寒意)喜欢菩提,但知道菩提患病后,就礼貌地写信表示推却。菩提把韩仪的信扔进垃圾盆，说："这信便是烧成了灰，也要弄脏我的文稿。"精神洁癖不言自明。

第二，精神洁癖的另一面则表现为主人公的孤傲、自守，尤其是面对俗世、乱世、小人、逆境时表现出的铮铮傲骨与刚强淡定。这种特征不仅表现在女性爱情主体的爱情生活中，而且表现在她立身处世、待人接物的方方面面，毋宁说，超凡脱俗的孤傲之气构成了宗璞笔下女性主体性最显著的特征，也是理解宗璞小说精神品相的最有力的见证。宗璞笔下的女性主体似乎综合着两种表面上悖论的特质：柔弱、温良恭俭让与刚强、傲气凛然。前者作为一种外在的身体和性别肖像糅合着中国传统闺秀的贤淑和现代知识女性的气定神闲；后者作为一种内在的精神品质是中国传统士人的耿介之气与现代知识分子自主精神的结晶品。刚柔相济的两种品质造就了宗璞笔下女性主体卓尔不群的独特气质。

作为对这一女性主体精神洁癖和性格中孤傲之气诗意化的书写，有两组意象非常有意味。一组是以花和石（玉）为主体的自然意象。宗璞是中国当代作家中最善于写花、草、树、石的人之一，她的散文和小说中大量涉及自然界的各种物象。其中有些物象已经超出了一般自然物象的界限，被作者赋予了某些人格化的文化内涵，具有了隐喻和象征的功能，可以看出中国传统诗学中的"香草美人"隐喻体系的隐在的流脉。在我看来，梅花、石（玉）、雪是宗璞创作中最重要的三个意象。先看一段写梅的文字：

> 山茶花过后，蜡梅开花了，花是淡淡的黄，似有些透明，真像是蜡制品。满园幽香，沁人心脾。这正是孟灵己——嵋所向往的蜡梅林，在她的想象中，蜡梅花下，有爹爹拿着一本书，坐在那里。

在《野葫芦引》系列中，嵋是和作者对位关系最密切一个人物，她的所思所想，某种程度上就是作者感情和意志的对象化。嵋对蜡梅和爹爹关系的想象让我们想到柳宗元的《江雪》："千山鸟飞绝，万径人踪灭。孤舟蓑笠翁，独钓寒江雪。"蜡梅下执书独坐的情景与"寒江独钓"有着异曲同工的隐喻和文化意味。宗璞也善写石（玉），不仅有《燕园石寻》这样专门写石的散文，有《三生石》以石隐喻坚贞不屈爱情的小说，而且在她诸多小说人物的命名系统和意象系统中，以石（玉）喻人的修辞方式是一种常见的诗学表达方式。如在她的《野葫芦引》中对孟樾子女一代是以玉（石）系列进行命名的，玉的不同品相与品质隐喻着不同人物的性格与命运。雪是宗璞小说中使用最频繁的意象之一，尤其是书写爱情的篇章中，雪花经常扮演重要角色。有时，它仅起到烘托气氛、暗示人物心理等作用；有时则上升为一个高度凝练、内涵丰富的象征。比如《野葫芦引》中的凌雪妍这个人物就是以雪的冰清玉洁来隐喻的，因此有大量的雪的意象伴随着对她的描写。梅花、雪、玉代表纯洁、高雅、不染世尘，蕴含着不媚、不阿、傲骨铮铮的精神气象，这正是宗璞笔下爱情主体的精神品性，某种程度上也是作者的精神品性。有批评家用"兰气息，玉精神"来概括宗璞小说的精神气息和美学品格①。在我看来，兰的幽静、幽僻似乎很难吻合宗璞与女性爱情主体身上的侠义耿介，倒是梅在苦寒中的怒放更能吻合宗璞小说所体现出的孤傲与刚烈之气②。

另一组则是以庐、园、甑为喻体的意象系统。宗璞长期生活在北京大学的燕南园，在她的散文中大量涉及燕园的人事风物，从某种意义上来说，燕园和三松堂既是知识分子生活和

---

① 李子云：《净化人的心灵——读〈宗璞小说散文选〉》，《读书》1982年第1期。

② 梅花对宗璞来说意味深长。她笔下三个最主要的女性人物形象玫（《红豆》）、梅菩提（《三生石》）和嵋（《野葫芦引》）的姓或名均音 Mei，这可能不全是偶然。宗璞对梅花的偏爱或许与家族文化有关。她父亲的姑姑是位女诗人，写有《梅花窗诗稿》。她的父亲冯友兰针对家族连续出现四代女作家曾赋诗云："吾家代代生才女，又出梅花四世新。"以梅花指代包括宗璞和她姑母冯沅君在内的四代女性。甚至冯友兰先生的名字"友兰"或许与陆游的《梅花》诗有关："家是江南友是兰，水边月底怯新寒。画图省识惊春早，玉笛孤吹怨夜残。冷淡合教闲处著，清癯难遣俗人看。相逢剩作樽前恨，索笑情怀老渐阑。"这里以兰为友的便是梅。

工作的地理上的空间所在，又是涵养知识分子清气与浩气的精神之域。这样一种来自经验的空间诗学的启发与教化，显然在她的小说叙事中被提升为有意识和有意味的诗学修辞。如《红豆》中的“绝域”，《三生石》中的匙园、勺园，《野葫芦引》中的方壶、圆甑等实际或想象中的居所既是主人公安放身体之所，更是他们保持思想独立、抚慰心灵的精神空间。汉学家高友工曾论证中国文人往往通过创造“抒情情景”来寄托自己的精神向往[①]。宗璞笔下的庐、园等意象正是知识分子涵养清气、固守节操的象征。

梅、玉、庐、园等意象，是中国古典诗学中重要的修辞符码，包含充盈的文化意味。宗璞在她的小说创作中对这些符码的成功使用，既使她的小说在文体和审美特征上具有了古典气息，也使她的小说在精神气象上濡染了浓重的古典文化的色彩。

四　何以古典？哪里现代？

施叔青在采访宗璞时使用了“又古典又现代”来评价宗璞

① 高友工：《中国叙事传统中的抒情境界——〈红楼梦〉与〈儒林外史〉读法》，载浦安迪著《中国叙事学》，北京大学出版社，1996，第200—209页。

的文学创作[1]。就瞬间和直观的感受而言,这是一个切中肯綮的评价。但细读深思之后不禁要问:何以古典?哪里现代?施叔青指出的古典性主要有两点:一是道德上的中和节制,二是师法古典的诗词传统。而谈到现代品质时则主要指向了宗璞在20世纪80年代的几篇小说所使用的现代(派)手法。这种有时古典、有时现代,内容古典、形式现代的评价当然也指出了宗璞小说创作的一部分事实,但与"又古典又现代"的评价让人眼前一亮的启迪性以及阅读爱情言说(事实上宗璞小说的古典性主要体现在她的爱情言说当中)时的真切感受并不十分吻合,指出的事实似乎远远少于这一命名应该和实际包含的内容。

上文已经指出,宗璞的爱情书写部分源自她的阅读经验,一种习得的、想象性的文化经验,其主体部分正是中国古典诗词曲赋中书写爱情的篇章。这不可避免地让她的爱情书写打上古典的印记。这种古典性既表现在"发乎情,止乎礼""乐而不淫,哀而不伤"等道德与情感的理则方面,也表现在情/理、家/国、己/人等二元对位原则和古典意象的使用。但是,如果在宗璞的小说中仅看到这些古典性或者

---

① 施叔青:《又古典又现代——与大陆女作家宗璞对话》,《人民文学》1988年第10期。

孤立地看待这些古典性，那将是一个不小的误读。事实上是，宗璞一方面遵循着“发乎情，止乎礼”的情感与道德原则，表现出理性主义的人性观和道德的中和与节制。另一方面她对人作为情感主体的神秘性、复杂性，对爱情作为人类最重要的情感体验、精神活动的幽秘、微妙之处给予充分关注和着力描绘。宗璞并不是一个古典的唯理主义者，更不是一个道德至上论者，而是一个略带感伤的爱情神秘主义者和对各种理念包围、捆束之下爱情作为现代生存困境有着清醒认知的悲观主义者。古典的外衣包裹着隐秘的激情，骨子里的优雅、节制掩藏着心灵深处的孟浪，徘徊、延宕于古典与现代、理智与情感之间，游走、挣扎于海水与火焰的漩涡既是宗璞笔下女性爱情主体的情感与思想状态，也是宗璞爱情言说的情感与审美状态。

具体到宗璞小说的意象表达系统，也可以看到古典与现代的纠结和相互作用。与梅、玉、庐等典型的中国古典意象不同，在宗璞的爱情言说中还有一组更具现代品质的修辞意象。或者说，“玻璃瓶”(《A.K.C.》)、“水晶球”(《朱颜长好》)、“勿念我”(《勿念我》)、“野葫芦”(《野葫芦引》系列)刚好构成了与那组古典意象相反的、相对称的意象系统。如果说前者隐喻着知识分子传统文化人格的温润、清洁、刚正不阿与静心超脱的话，那么，从“玻璃瓶”到“野葫芦”的一组意象则隐喻着现代人的离散、异化、隔膜以及在爱情选择中难以自主的尴尬与悖论。

在她的小说处女作中，男主人公将向波娃利小姐表露爱情心声的小纸条置于一个玻璃瓶中，并标以 A.K.C.，暗示波娃莉小姐将它打碎。波娃莉小姐忽略了这一暗示，因此而造成无可挽回的爱情悲剧。玻璃瓶被男主人公用作互通款曲的信物，女主人公将此奉为圣物加以保管、封存，而实际上正是玻璃瓶造成了二者的误解与隔阂，它像一堵透明的墙将相爱的人彼此隔离，它是一种障碍，象征着某种使人不能坦诚相见的中间物、某种异化人类情感的多余物、闭锁心灵的小型牢狱。因此，A.K.C.（打碎它）在故事层面上是男主人公对女主人公的期待或指令，而在叙事和意义生产的层面上来说，则是作者对打破爱情心理障碍、敞开心灵、赤诚相见的真诚吁请。如果说这种阐释符合文本实际的话，我们看到，玻璃瓶实际上和卡夫卡的城堡、钱钟书的围城有着类似的意蕴，它隐喻着人与人之间的隔膜状态，隐喻着爱情关系中半透明的、朦胧的、难以参透的尴尬处境。

小说《心祭》的立意取自李商隐的《锦瑟》："锦瑟无端五十弦，一弦一柱思华年""此情可待成追忆，只是当时已惘然"。这首名诗被千古传诵，但它的著名、它的被称颂很大程度上源于它的无解，源于它对复杂莫名的情绪的朦胧地传达。《心祭》表达的同样是一种"无端"的惘然。《朱颜长好》中的水晶球既是推动故事和结构故事的有用的道具,同时也是一个隐喻。水晶球中变换着映现出的人物影像与被切割和穿插的爱情经验片段交织成主人公林慧亚的人生与爱情图景,而水晶球作为一个曲折的、拼贴的、隐晦的镜像本身又何尝不是林慧亚曲折人生和她暧昧的情感经验的象征呢?"勿忘我"经常被作为忠贞不渝爱情的象征广泛应用于爱情言说当中,而宗璞却从它的反向立意,以"勿念我"暗喻了婚姻中男女双方的隔膜与绝情,透露出一股悲凉的现代意味。

在《野葫芦引》系列中,"野葫芦"是一个统摄性的象征意象。在被问及为什么用"野葫芦引"作为这个系列的总标题时,宗璞说和她对历史和人生的理解有关。她说:"我写的这些东西是有'史'的性质,但里面还是有很多错综复杂的我不知道的东西,那就真是'葫芦里不知卖的什么药'了。"还说:"还是把人生看作一个'野葫芦'好,太清楚是不行,也做不到。"①其实,宗璞的这种历史观和人生观很自然地延及她的爱情观与美学观。在宗璞的小说创作中,古典与现代不可分,你中有我,我中有你。古典与现代的纠缠、撕扯并由此形成的张力状态正是宗璞小说的独特形态与独特魅力所在。朦胧、

① 贺桂梅:《历史沧桑和作家本色》,《宗璞文学创作评论集》,人民文学出版社,2003,第 369 页。

模糊、混沌、神秘、待解而未解的状态可能最接近宗璞对爱情的理解，最接近她对爱情的把握，也最接近她爱情言说的审美与诗学特征。

原文发表于《文学评论》2012 年第 4 期

话语“夹缝”中造就的叙事

——论宗璞“十七年”的小说创作

在当代诸多小说家中，宗璞小说创作的数量是偏少的，只有25篇左右的短篇、两部中篇和两部长篇小说。但是，宗璞可能是中国当代文学史无法忽略的一个名字。她的重要性在于：一、作为一个有深厚家学渊源的知识分子在当代的政治生活中经历了剧烈的精神动荡和深刻的灵魂触动，她的带有传记色彩的小说创作提供了知识分子在当代的灵魂发展史。二、她所受到的深刻传统文化的濡染使她在文化人格、认知方式、知识背景等方面有别于其他作家，她对社会、历史、文化、知识分子的地位及当代命运等问题有独一无二的认识和表现。三、从叙事话语的层面上来讲，无论就语言、文体、意象系统等宗璞小说都体现出传统的文人话语、当代的意识形态话语、现代人文话语等不同话语系统的并置、对话和相互掣肘的复杂格局，因此她的小说文本是一个包含了丰富的政治文化信息的语料库。相对于宗璞小说创作的重要性和独特性而言，文学史对她的记述和文学研究对她的关注程度就显得极不相称。比如，对她在“十七年”的小说创作，文学史和文学研究基本上只提及她的《红豆》，而对其他作品则取忽略的态度。这样做造成的结果是根本无法整体上理解宗璞小说创作的前因后果、来龙去脉和内在的精神联系，无法理解她这一时期小说创作的独特性与重要性。本文将宗璞“十七年”的小说创作看作知识分子的人文话语与当代意识形态话语交流、对话的话语场，看作一个精英知识分子与她所处时代进行精神对话的一份想象性的心灵档案，借助于对这批小说文本的细读和话语分析，一方面能够看到一个有着独特个人文化色彩的知识分子在特殊年代经历灵魂改造的精神私史，另一方面它也让我们看到社会主义的文化价值观念以何种方式进入到个人的“语言”和灵魂的层面，以完成对知识分子的“铸心”工程。①

一

宗璞已知的最早的小说是以法语命名的短篇，名字叫《A.K.C.》，意思是“打碎它”，小说讲述“男主角送给女主角一

① “铸心”的说法请参考贺桂梅对宗璞的访谈《历史沧桑和作家本色》，《宗璞文学创作评论集》，人民文学出版社，2003，第 363－370 页。

件瓷器，上面刻着‘A.K.C.’（打碎它），但是女主角舍不得打碎它，就没有得到藏在其中吐露真情的信，两人错过了，成为终身之恨”①，或许是因为时间久远，加上未获得原文，宗璞在接受施叔青的访问时，对这个故事作了不同的陈述，送出瓷器的变成了女主角。作者还说“这是一个瞎编的故事，没有什么时代意义”②，据作者自己说，这篇小说写于 1948 年，这是一个如火如荼的年代，是年轻人面临着人生抉择的重要的人生关口，也正是江玫在爱情与爱国之间做出选择的艰难时刻（《红豆》），因此作者说它“没有什么时代意义”或许是有道理的。但是，“两人错过了，成为终身之恨”的故事却一再地出现在宗璞以后的小说里面，这个故事成为她一系列作品赖以表达“人生不如意事常八九”这一人生主题的基本故事原型③，也是李子云所说宗璞的小说“常常流露了那么一种感情上有所欠缺的怅惘”的故事基础。就此而言，“这个瞎编的故事”或许并不是没有意义。

《诉》是宗璞在建国后公开发表的第一篇小说，它让一个女工以第一人称自述的方式，控诉旧社会，欢呼党给她带来的

---

① 宗璞：《说虚构》，《风庐缀墨》，上海远东出版社，1998，第 124 页。

② 施叔青：《又古典又现代》，《宗璞文学创作评论集》，人民文学出版社，2003，第 343 页。

③ 蔡仲德：《我和宗璞》，《宗璞文学创作评论集》，人民文学出版社，2003，第 396 页。

新生活。这篇小说算不上一篇丰满、成熟的作品，在当时也没有引起多少反响。但是，对于宗璞来说，它更应该被看作是一个仪式，一个申请加入到主流言说行列中来的加盟仪式。工人主人公，新旧社会的对比，个人从苦海中获救的故事，共产党作为拯救力量的出场等，这些小说元素及其组合方式正是主流文学话语所要召唤出场的内容。尽管这篇小说有生活的基础，作者也认为写了自己的真实感受①，但它显然并不让作者感到满意，除了《宗璞小说散文选》之外，她的各种选本均不将它列入就是一个证明。显然，适应一个越来越狭窄的公式化的模式，可能比“瞎编故事”还要困难，因为它既不符合作者的心意，无法唤起作者创作的冲动、满足作者审美想象，而且又有诸如此类的外在的限制与制约。因此，宗璞在这篇小说之后的一段时间里放弃了小说的写作。在此，我们已经看到两种力量、两种话语方式对宗璞的争夺。在 20 世纪 50 年代的语境中，她尝试加入主流叙事的范式中来，用她所不熟练的语言生硬地书写她也并不十分了解、熟悉的“工农兵”；但是，她的经历、她的家教、她所受的教育，总之，她的主体情致让她不能完全服膺于这一主流叙述模式。而她所愿、所能的又处在一个日益不合法的地位上，她处在矛盾与夹缝当中，处在暂

---

① 施叔青：《又古典又现代》，《宗璞文学创作评论集》，人民文学出版社，2003，第 343 页。

时的失语状态。

1956年,“双百方针”的提出,在中国营造了一个短暂的政治和文化气氛相对宽松、自由的环境,某些政治禁忌和文学教条在一定程度上有了“解冻”的迹象。《红豆》正是在这一背景下出现的。它以1948年大陆解放前夕北平动荡的社会环境和国共两党日益尖锐的矛盾与冲突为背景,描写大学生江玫在爱情和爱国之间的徘徊与痛苦的抉择。作者在《〈红豆〉忆谈》这篇文章中,回忆了自己这一代人所经历的坎坷曲折的人生道路,走过的一个又一个的“十字路口”,及伴随而来的一次又一次的痛苦的抉择,并且说:“《红豆》写的也是一次十字路口的搏斗”,“《红豆》还想写人的性格上的冲突。这种冲突不是环境使然,而是基于人的内心世界……人的精神世界是极复杂的,如何揭示它,并使它影响人的灵魂,使之趋向更善、更美的境界,这真是艰巨的课题”。① 可以看出,人文话语在建国后一直处于被抑制的状态,“双百”方针所营造的“宽松”气氛使它有了再次“复活”的条件。

《红豆》与《A.K.C.》的“瞎编故事”和《诉》对“他者”的讲述都有所不同,既具有十足的郑重感(符合主流政治话语的基本规范),又与作者的经历、思想感情具有不言自明的切近感(又

① 宗璞:《〈红豆〉忆谈》,《风庐缀墨》,上海远东出版社,1998,第76页。

为个人话语找到了突破口）。有批评者甚至说，“江玫是一个典型的宗璞式的女主人公”[①]。由于书写历史时的这种鲜明的个人意识，以及美学路线上的个性化色彩，《红豆》从主题到对人物精神世界的揭示都具有了当时小说少有的深刻性与复杂性。这种深刻与复杂一时间让阅读者激动不已[②]，但在简明的政治标准作为阅读和评价作品的唯一标尺的时候，小说思想与精神的深刻性与复杂性带来的只能是粗暴而简单的政治裁决。在小说发表后不久，就受到歪曲的批评，并在“反右”斗争中，被冠以“毒草”的帽子打入另册。不少人，包括宗璞自己更愿意将《红豆》作为她的小说创作的真正开始是有道理的。理由和依据在于，一方面，它是一部书写小资产阶级知识分子在共产党的引导与感召下走向革命道路的革命文本，江玫对政治道路的选择符合主流意识形态对小资产阶级的阶级属性的分析与定位，因此这一文本是在《诉》之后进入当代书写体制的又一次尝试。另一方面，这部小说中主人公江玫的知识分子身份，她在爱情与爱国和走向革命道路之间的艰难选择，作者在讲述方式上所采取的心理主义的路线，都使它打上知识分子审美趣味的鲜明印记。《红豆》是两种话语结合的

---

① 李又宁：《从宗璞看中国当代年轻的女作家》，《宗璞文学创作评论集》，人民文学出版社，2003，第 28 页。

② 洪子诚先生在他的《问题与方法》中曾谈到《红豆》发表后在他的同学中产生的影响。

产物，它在主导形态上所遵循的是知识分子/党的引导（群众中锻炼）/走向革命这一主流政治模式，但在具体的话语编织过程中，显然又留出了相当宽裕的知识分子的话语空间，在不少环节上可以看到知识分子的人文话语对主流政治模式的渗透甚至是修改。如果和类似题材、相近主题的经典文本《青春之歌》相比，《红豆》带有更强烈的在主流模式之外拓取空间的个人性质。一是爱情虽然被作为与革命相矛盾的因素置于一个二项对立的文本结构中（个人/大众的基本结构），并且以革命战胜爱情作为解决这一矛盾的结果，即让爱情（个人）服膺于革命（大众），但《红豆》之中的爱情显然具有强烈的个人感性的品质，比《青春之歌》中的爱情更复杂、更写实，要摆脱它也更艰难，更有心理上的震撼力和悲剧意味。或许正是这个原因，让某些人得出了“革命迫害了爱情”的结论，并以此作为否定《红豆》的理由。二是江玫走向革命的过程有一条清晰的、写实的、符合人物身份与性格的发展理路。虽然作品也写到了革命理论对江玫的启发，但江玫走向革命的主要原因不是对革命理念的接受，而是来自自己对身边现实的观察、感受，她走向革命具有更强的自主性。小说中被突出的两种情节因素对于理解同类文本和宗璞的小说创作的独特性尤其重要。首先，“家”这一伦理元素是江玫走向革命的关键原因和重要的中介。和《青春之歌》完全把“家”作为负面的价值元素理解不同，《红豆》充分肯定“家”的社会意义、伦理价值，江玫正是因为父亲不明不白地死去（后来母亲告诉她父亲被国民党暗杀的真相）、母亲生活的朝不保夕，进而由“小家”看到了社会（“大家”）的不公与腐败，才走向革命道路的。其次，和江华作为林道静精神上的父亲、革命引路人被象征化、神话化不同，《红豆》中的萧素既被写成一个政治思想上先进的共产党员形象，引导、影响了江玫的革命选择，同时她又被突出与江玫的亲情和伦理关系。江玫把她看作比自己成熟的“姐姐”，在生活中和感情上可以依靠的亲人，萧素的被捕，促使江玫加入到革命的洪流中去。萧素在江玫母亲生病时准备输血给她，在知道血型不同时偷偷地卖血，并将卖血的钱资助江玫母亲治病，这一共产党员形象在道义上对江玫的感召超过了她对江玫在政治上的引导作用。

在《红豆》中，我们看到了宗璞书写革命话语的一种独特的思想和独特的话语路线，即政治革命与伦理的失序有关，反革命集团的失败是由于它丧失了立足的道德伦理基础，而革命者的正义性也正在于道德的正义性，而正义与否的重要标准是社会的基本细胞——家庭以及生活在普通家庭中的千千万万的普通人的日常生活、稳固的伦理关系是得到了保障还是被破坏。她的革命话语背后隐含着一条“得道多助，失道寡助”的意义逻辑，而“道”的标准则是自然与人伦的和谐。不难看出，宗璞的小说创作一方面在题材、主题等方面（“写什么”）努力地融入当代文学的主流规范，但在具体的演绎和阐释过程中（“如何写”），又对主流叙事规范有所偏离，在诸如人物形象的设计（萧素这一形象在突出她的政治身份之外，她的自然性别、伦理身份使她有别于江华、贾湘农等共产党员形象），人物的性格发展与心理成长的内在逻辑等方面还是营造出独具一格的话语空间，充溢其中的是作者对政治革命的一种文化式、道德式的理解（伦理本位而不是政治本位），从而使她的小说创作保持了文化人的边缘趣味与独特的个人气息，没有被完全纳入当代文学“一体化”的表述模式。

二

“双百方针”所营造的自由空间是有限度的，在时间上也极为短暂。“反右”斗争开始以后不久，《红豆》就受到批判，并被冠以“毒草”的帽子打入另册。宗璞本人虽未被打成“右派”，但多次进行自我检讨，努力改造头脑中的“小资产阶级王国”。1959 年下放到桑干河边的小村温泉屯劳动锻炼，在劳动实践中改造世界观。和大多数的中国知识分子一样，宗璞在相当长的时间里或被迫或自愿地进行着从肉体到灵魂的脱胎换骨。宗璞后来形象地将对知识分子的改造称为“铸心”。

那么,“铸心”的结果如何?处于“铸心”过程中的知识分子又是一种什么样的精神状态?宗璞有两类文本记录了知识分子在改造过程中的复杂心态:诚心实意地改造世界观,向盘踞在头脑中的小资产阶级王国开火,努力靠近、认同劳动人民和无产阶级的价值观;但是,深入骨髓的知识分子气质以及认知世界的方式仍然顽强地存在并发挥作用。因此,一个矛盾的、分裂的、左支右绌、无所适从的知识分子的人格形象是宗璞所描摹的自我形象,也是她在 60 年代的几部小说中留下的典型的知识分子形象。

宗璞回忆,在河北下放归来后,她试图写一点文字。当时写了一篇名为《第七瓶开水》的短文,“原稿的第一句话是‘天下的母亲都是慈爱的’,写下来一看,不对,这不是人性论的说法吗!赶快删去。那时处在一个随时随地要进行思想改造的地位,而且认为这是自己的责任,自己随时把头上的紧箍再按按紧,这样也就把想说的话按了回去”①。这段话所描绘的是一个不能已于言,又不能自由言说,处于两种话语的撕扯当中、被迫失语的作家的自我形象。在后来接受采访时,宗璞也不止一次说过拥护知识分子与工农兵结合、向工农兵学习的号召,因为这样扩大了眼界,更了解知识分子,因为有了比较;

---

① 宗璞:《下放追记》,《风庐缀墨》,上海远东出版社,1998,第 69 页。

但是，她怀疑对知识分子的改造是否必要，是否可能。[①] 这里，宗璞强调了不同的社会语言之间对话的必要性，但对知识分子作为一个语言主体、社会主体能否被同化、被取缔表达了自己的疑虑和担心。无独有偶，如何坚持知识分子的主体性，在强大的政治语言的征用、征服面前，知识分子是否应该、能够拥有自己的主体性，是宗璞这一时期一组虚构性文本的核心主题和基本结构。

《桃园女儿嫁窝谷》写于 1960 年，是宗璞下放锻炼后收获的具体成果。这是一篇农村题材的短篇小说，有不少文学元素可以看到“山药蛋”派影响的痕迹，如对再嫁的地主寡妇脸上涂脂抹粉的描写，可以看到赵树理在《小二黑结婚》中对三仙姑的描写的影子，农村先进青年的出场方式、性格特征等则与马峰的《结婚》等小说有着师承上的关联。或许由于这种学习、模拟的痕迹太重，而在题材上又完全不是自己所熟悉的知识分子生活，宗璞认为它“没有什么代表性，不过是一个过程而已”[②]。如果我们透过题材、人物的外在身份这些表面的因素，进入这篇小说的“文心”中去，就会发现它还是流露出知识

① 在接受施叔青和贺桂梅的访谈时，宗璞均谈到所谓“改造资产阶级思想王国”从根本上实现是不可能的。两文均见《宗璞文学创作评论集》，人民文学出版社，2003。

② 施叔青：《又古典又现代》，《宗璞文学创作评论集》，人民文学出版社，2003，第 343 页。

分子叙述人在心态上的蛛丝马迹。

这篇小说可以看作是一个复合型的文本，一种是赵树理的“问题小说”式的文本类型，如诸多人物的出场，带喜剧色彩的人物关系，“大团圆”式的矛盾解决方式等；另一种则是宗璞式的“心理小说”模式，这就是上文所说的“文心”，是发生在主人公老四爷内心里的一场冲突，是他内心根深蒂固的婚姻伦理观念如何在公社化这一大背景下得以消除的心理与思想命题。老四爷在公社化的问题上是积极主动的，他对穷山村窝谷的无私帮助体现了他思想上的先进性。但是在他的内心里有一个秘密，观念的深处有一个解不开的结，就是他的宝贝女儿要嫁到穷山村来，他无法想通，因为乡风民俗的道德观不认同这种婚嫁模式，事实上也只有像地主的寡妇才由富裕的桃园再嫁到贫穷的窝谷。就是说，在婚姻道德观念上，老四爷又表现出梁三老汉（《创业史》）和亭面糊（《山乡巨变》）等小私有者的保守性与落后性。在公共政治生活中“从善如流”，而在个人的、私密的、道德观念和精神层面上却表现出某些固守和改变的艰难。这种公/私，国家、集体/家庭、个人，政治理念/道德观念之间的冲突、对话，并以前者战胜后者作为结局的人物心理模式与文本的结构模式，是这篇小说的突出特色，从某种意义上，这也是宗璞20世纪60年代小说的共同特征，是一种典型的宗璞式的话语模式。如果对这一话语模式作结构主义式的概括，它的典型句式是：一个行动者（主语）遭遇一个困境（公与私，国家、集体与个人之间的价值冲突，表现为行动者的心理矛盾），经过自助或他助的努力，行动者走出困境（谓语）。由于谓语是一个相对固定的模式，主语（行动者）的身份实际上是可以相互置换的；而且，由于这是一个典型的描写性的句式（谓语成分以描写心理和精神状态为主而不是以行动为主），它的主语（行动者）更应该被指认为以思想和心理对话见长的知识分子。具体地说，宗璞以农民、少年儿童、女大学生等变幻不定的身份为主角展开的精神对话实际上可以读成知识分子精神矛盾、思想挣扎的置换变体。

从这一角度来读解《两场"大战"》和《后门》，就会得出一些和已有的批评观点不同的结论。《两场"大战"》叙述发生在一群小学生之间的一场战争游戏，结果是在战斗中"摧毁了敌人的堡垒"——单位准备盖房用的砖垛，打碎了几块砖，路过这里的洪老师要求有人承认"破坏国家财产"的错误，由此，在领导了这场战争的小棣的心里发生了另一场"战争"——承认还是不承认之间的心理冲突与战斗。结果是在姐姐小梅的启发帮助下，小棣战胜了自己的面子观念，承认了错误。有研究者把这篇小说读成一则寓言，并发现了其中的"微言大义"，认为"两场'大战'似乎有现实所指。第一场'大战'让人联想起'大跃进'那冲锋陷阵的生产'战斗'及其领袖。这场'大战'对

'国家的财产'造成了'损坏'，是以洪老师为象征的知识分子目睹的事实。'怎样拉得下脸来承认'错误又是领袖人物的典型表现，但当'红领巾'敢于带头承认错误之后，大伙儿(人民)是会齐心协力把'碉堡'(国家)'修复'(调整)过来的"①。尽管现代的阐释学理论将文本看作是"敞开的"，是"可写的"，批评者有权利根据自己的理解进行阅读和阐释，但将《两场"大战"》解释成毛泽东发动了"大跃进"，并在是否承认错误问题上而进行心理战斗，是过分地牵强附会了。一是因为这样的解释过分生硬，文本提供的基本框架与细节很难作这样的联想和"升华"；另外，以宗璞的为人和为文的风格，即使对"大跃进"有所认识，也不可能把"大跃进"的错误直接和领袖人物联系起来。把洪老师解释成目睹了"大跃进"的破坏性，并站出来让领袖人物承认错误的知识分子的代言人也有些言过其实。

如果坚持把《两场"大战"》读成一篇"有隐喻性的寓言小说"的话，我倒觉得，它的隐喻性在于：借助于孩子的游戏，写出了成年人的隐蔽的、矛盾的心理，即如何在公共场合、公众性的活动当中，将非常个人性的"错误"公开承认的问题；借助于小棣这一人物复杂的心理活动，小说在拷问个人灵魂深处

① 陈顺馨：《1962：夹缝中的生存》，山东教育出版社，2002，第297页。

的“私”与“小”。如果允许进一步阐释的话(也许是“过度阐释”),像鲁迅先生在一个人力车夫面前感觉惭愧,坚持挖出知识分子灵魂中的“小”来一样,宗璞的《两场“大战”》或许可以读成一篇关于知识分子改造必要性的寓言。将一个小孩子打碎几块砖这样的“小事”,放到灵魂的天平上来考量,并充分地写出这种心灵作战的艰苦性(洪老师的坚持,小梅的启发、诱导),这种“小题大做”,是在借人言己、托物言志,是一种典型的知识分子的话语方式。小棣勇于战胜自我,在“面子”问题上的认真态度,以及叙述人在讲述这件小事上的庄重姿态(作者使用了“大战”这样的政治修辞,如果说第一场“大战”还是对孩子的游戏的一种比喻性的说法,注重的还只是二者表面性相似的话,而对于发生在小棣心里的第二场“大战”的叙述,显然就具有了十足的思想的深刻性与严肃性,几乎是哈姆雷特面对生存难题时的庄严与崇高),显然将小说的“寓意”引向了成人的、知识分子式的心灵事件,即自我灵魂的改造问题,具体一点来说,就是如何正视灵魂深处的“小资产阶级王国”的问题。作者描写小棣在与“自我”作战时的犹豫、延宕,或许寄托着作者对于知识分子改造必要性、严酷性的自我设问与应答,是发生在内心里的两个自我之间的一场“论战”。

对《后门》这篇小说的阐释存在着类似的问题,包括作者在内的发言者都将这篇小说的主要内容说成是反映了社会上出现的“走后门”的不正之风，有的批评者用它是“最早的”触及这一敏感主题的小说来强调它的首创之功。[①] 不可否认《后门》包含有这样的内容，但若仅仅止于这种认识，不说是误读，也至少可以说遮蔽了这篇小说至为重要的内容和主题。仅仅反映一个社会问题而不诉诸灵魂和心理问题，可能从来都不是宗璞小说的行文风格。《后门》的“文心”仍然是一个灵魂问题，即围绕一个十八岁的高中毕业生林回翠走什么样的人生道路而展开的思想矛盾与对话，对话的焦点仍然是公/私、群/已的关系问题，归根结底还是对资产阶级思想的追根刨底的拷问，“后门”是对不健康的资产阶级剥削思想、自私自利的个人主义思想与道路的隐喻。

《桃源女儿嫁窝谷》《两场“大战”》和《后门》等宗璞 60 年代创作的几篇表面看来和知识分子关系最为疏远的作品，同样带有知识分子自我指涉的痕迹，对“他者”的言说，并不能完全掩盖书写自己心志的思想踪迹。托物言志，借事比兴，言在此而意在彼，这是宗璞小说创作在 20 世纪 50、60 年代这一特殊语境所形成的相应的修辞策略，这与她作为一个学者型的作家对中国文人小说传统的接受并不相悖。

① 陈顺馨：《1962：夹缝中的生存》，山东教育出版社，2002，第 297 页。

三

《不沉的湖》和《知音》分别是宗璞 1962 年和 1963 年的作品，这两篇小说又回到了宗璞所熟悉的知识分子题材。《不沉的湖》讲述一个舞蹈家在自己的事业如日中天的时候突然腿部受伤，不得不放弃心爱的舞蹈事业，她为此陷入了深深的心灵痛苦和绝望。共产党员老徐也曾在舞蹈事业中失去过一条腿，他用自己的经历现身说法。

老徐又站起来，在屋里来回慢慢走着，他仿佛知道我在想什么，接着说："我从不爱说这事，其实也有许多人晓得，腿虽然断了，我走得可更快了。我明白了，要国家，要民族，以至于要艺术，要性命，都得从最根本的干起。我们必须化在革命里头，才能有所作为。就好像溶在大海里的盐一样，因为融在大海里，才获得不朽的生命。舞蹈演员的艺术青春本来是短促的，这青春，要靠大家来保持，发展。"

他转过身去，看了看那一品红，自言自语道："多么红呵，简直像从根子里红出来的。"

停了半晌，才看着我说："迷上自己的艺术事业是极应该的，我们许多人还嫌迷得不够！可是最先该迷上自己的革命事业。这个入了迷，什么都能拿得起放得下，在生活里，永远也不会——下沉——”他仿佛在寻找恰当的字眼，又还想说些什么，我没有容他讲下去，不知从哪里来的一股力量，使我猛然扑向前去，抱住了他的木腿，大声说：“老徐！给我分配工作。”

对于此篇小说，这是至关重要的一段话，一是它是主人公思想、性格变化的转折点，是故事的高潮所在；二是小说的主题也在这里得到体现，即“迷上自己的事业是极应该的”，可“最先该迷上的是自己的革命事业”。

对于宗璞的整个小说创作来说，这段话也是非常重要的，也有两个原因。一、新的人物形象和人物关系类型开始出现，标志着宗璞小说创作对主流模式的接受与认同。在《红豆》中，共产党员萧素与小资产阶级知识分子江玫的关系一方面体现为政治上的引导关系，另一方面则是情同手足的姐妹情谊，突出的是伦理层面上的平等关系。在《不沉的湖》中，共产党员老徐的形象以及他与舞蹈家苏倩的关系发生了一些质的变化。小说借助苏倩的视角这样描写老徐的形象：“平常他那炯炯的眼神仿佛是一道光圈，把整个人照耀得活泼生彩，谁也不去注意他的相貌。”“他那一双炯炯有神的坦率的眼睛，总像蕴蓄着无穷无尽的力量。小说里是这么写的，不是吗，满姐？可这是真的呢。跟着他，你会觉得，腿断了，有什么关系，有他呢。即或是头断了，又有什么关系，有他呢。”这里的老徐不再像一个平常人，而更像一个高大的、笼罩在光圈之中的神；而苏倩和他的关系，也更像一个信徒对宗教领袖的狂热、痴迷的追随。“‘看看我！’停了一会儿，他忽然说。我便看着他。”这里的语式、语气及其所暗示的关系是不是更像《圣经》中基督向信徒宣谕诏令时的情景。《不沉的湖》中所描摹的共产党员和知识分子之间的关系和《青春之歌》一样进入了一种神话式的想象性情景。二、在上述一段引文中，尽管从叙述的表面的逻辑层次上没有将“自己的艺术事业”与“自己的革命事业”对立起来，但从文本的整体逻辑来看，显然是想告诉读者，“革命事业”比“自己的艺术事业”更重要，苏倩因为自己不能继续舞蹈事业而灰心是不对的，老徐的出场，他的经历及其对苏倩的教育就是要说明，苏倩把自己的艺术事业看得过于重要是一种小资产阶级的个人主义思想作祟。就是说，小说的思想逻辑、思想前提还是将二者对立起来了。一个人为什么不能在个人事业上成功，又融入革命事业呢？具体说，苏倩即使完全融入革命事业，她也有理由为自己的艺术事业的中途夭折而痛苦，老徐的说教显然是无的放矢。

这种思想逻辑上的差错与裂缝说明，叙述人似乎在人为地制造矛盾、制造冲突、制造一个阐释结构。还有一个例子也相当有意味。当叙述者借苏倩之口一方面把老徐描绘成一个神,同时又说,“小说里是这么写的”,无意中暴露了将老徐神化的一种文本来源,形成了对老徐神性的拆解。还有老徐对一品红的感叹“多么红呵,简直像从根子里红出来的”也是意味深长的。我以为,构成这部小说的文本因素之间没有形成一个互相支持、互相生发的结构整体,一个自洽的意义生产链条;某些文本元素相互矛盾、相互攻讦,从而留下不少裂缝和漏洞。为什么是这个样子?除了叙述者驾驭新的编码程序时的生疏、不自如的原因之外(比起《红豆》的以知识分子的人文话语为主,以政治话语辅之的状况,这部小说显示出对政治话语倾尽全力的模拟),这恰恰是叙述者当时复杂心态的流露:时代要求每个人要像盐溶入大海一样,融入群众中去,融入革命事业中去,那么,何为知识分子?何为知识分子的主体性?除了向工农兵学习、向共产党靠拢,在思想深处检讨、批判“小资产阶级的思想王国”以外,已经没有任何知识分子的思想空间,那么,唯一可以表明知识分子身份的也许就是他的职业,他的知识和特殊技能。对于一个舞蹈家来说,腿部受伤,永远告别舞台,是否意味着自己唯一的身份特征也要被取消?舞蹈家苏倩的痛苦与挣扎,是否就是叙述人在知识分子的身份感丧失殆尽时心理痛苦与挣扎的外化,或者说是这种心理状态的寓言表达。那么，老徐以政治权威的身份，用“宏大叙述”的逻辑（用盐与大海隐喻个人与国家和革命事业之间的关系就是这一“宏大叙事”的基本修辞）对苏倩的说服，是不是更像叙述人用宏大理论对自我的说服？文本当中的逻辑矛盾、缝隙恰恰说明，这种说服既是自觉自愿的，又是勉为其难的；对这种宏大理论的接受既是心悦诚服的，但某些难以驯服的知识分子的边缘意识还会不自觉地有所流露。

《知音》写于1963年，是共产党着手调整知识分子政策之后。这篇小说暗用了“高山流水”的古代传说，把知识分子与党的工作者的关系比喻为“知音”（虽然小说中提到的音乐家的名字是格里格，“知音”的命名能够让人联想起“高山流水”这一古典佳话），不仅如此，这篇小说还设想出知识分子、政治工作者及其相互关系的理想状态，即知识分子政治化、政治工作者知识化，二者取长补短，互相帮助、共同进步。这一主题显然是将《不沉的湖》中欲言又止、闪烁其词、欲说还休、欲休还说的知识分子的身份及主体定位清晰化、明朗化，而且也浪漫化、理想化了。这一主题也让我们回忆起萧也牧在《我们夫妇之间》中所试图表达的“工农与知识分子相结合，互相取长补短”的良好愿望与想象及其所受到的批判，在佩服宗璞在知识分子问题上思考得执着的同时，也不得不感喟知识分子的命运多舛与世事的沧桑。

四

在当代的主流文学话语中，知识分子很大程度上是作为工农兵确定其历史主体地位的“他者”被有效地编织进“宏大叙事”的话语系统之中。在这一话语系统中，知识分子在革命中的历史地位，他与共产党及其与大众的关系都被做出了符合主流意识形态的想象与阐释。宗璞在50、60年代的文学创作不可能不受到“宏大叙事”的影响，但是正像一位海外研究者所说的：“宗璞对于她的每个主人公的个人生活命运的关心，远过于她对围绕并支配他们生活的政治与历史事件的关心。从个别的命运引申开去而做出一般的结论，此非宗璞所好，她宁可让读者自作结论。”①这一评价未必完全确当，但它指出了一个事实，就是宗璞在“十七年”的小说创作由于对“个人生活命运的关心”（实际上是以宗璞自己的生活经验为基础）而与主流的政治话语形成既合作又龃龉的关系。个人话语在宗璞的小说创作中始终是存在的，它与主流政治话语的既对话又矛盾、龃龉的关系留下的是一个十分有意味的思想史的“踪迹”。宗璞这一个案表明，“一体化”只能用来描述“十

① 李又宁：《从宗璞看中国当代年轻的女作家》，《宗璞文学创作评论集》，人民文学出版社，2003，第28页。

七年”文学变化的大致走向，而“一体化”背后还是包含着相当丰富的、个人性的话语因素；因此，这也提醒我们，在方法论上重视对“十七年”文学进行具体、细致的个案研究是十分重要的。

原文发表于《理论与创作》2006年第4期

美学的分身术与隐蔽的身份对位

——宗璞小说《弦上的梦》再解读

一

《弦上的梦》发表于 1978 年 12 月的《人民文学》，是宗璞在粉碎“四人帮”之后创作的第一篇小说。据编辑涂光群说，这篇小说送到编辑部时，“天安门事件”还没有平反，因此小说的内容是“犯忌”的，它的刊出还经历了一点波折。① 戴锦华说《弦上的梦》“与宗福先的《于无声处》、苏叔阳的《丹心谱》一起，因正面写‘四五’运动而加入了伤痕文学的热浪，且成了其间干预并介入现实的力作”②。显然，宗璞的《弦上的梦》像她

---

① 涂光群：《宗璞写〈弦上的梦〉》，《五十年文坛亲历记》，辽宁教育出版社，2005，第 252 页。

② 戴锦华：《宗璞：历劫者的本色与柔情》，《宗璞文学创作评论集》，人民文学出版社，2003，第 301 页。

在20世纪50年代初写作《诉》一样，是一次身份的亮相，表明“她对此间主流话语构造的果敢而有力地加入”①。《弦上的梦》作为“伤痕文学”的主流身份当然是不容置疑的，作者本人也有意突出梁遐作为一个时代的“伤痕儿”的身份，从而强化《弦上的梦》作为“伤痕文学”一员的合法性（在接受施叔青采访时宗璞说梁遐有一个生活原型）。② 但是，在我看来，这篇小说不仅可以限定在“伤痕文学”这一主流话语构造中作横向阐释，而且还应该放在宗璞创作的纵向脉络中来解读，这样做或许可以获得更丰富的收获。

宗璞曾说过，他们这一代人的人生道路上，不断地出现十字路口，因此面临着一次一次的抉择。③《红豆》写的是一种抉择——知识分子选择了革命、选择了祖国的自我庆幸和神圣感。《弦上的梦》写的是另一种抉择——在“四人帮”兴风作浪的时代逆流中是苟活与自保，还是挺身而出，舍生取义，宁为玉碎、不为瓦全。在《红豆》中江玫是自己与另一个自我作战，在《弦上的梦》中则是乐珺的谨小慎微与梁遐的勇敢抗争

① 戴锦华：《宗璞：历劫者的本色与柔情》，《宗璞文学创作评论集》，人民文学出版社，2003，第301页。

② 施叔青：《又古典又现代》，《宗璞文学创作评论集》，人民文学出版社，2003，第342页。

③ 宗璞：《〈红豆〉忆谈》，《风庐缀墨》，上海远东出版社，1998，第76页。

作战，或者换句话说，《弦上的梦》写的还是作者面对抉择时内心中两个自我的冲突与对话，只不过作者使用了美学上的分身术——用两个人物分别指代心灵中相互冲突、相互搏斗的两种力量，乐珺和梁遐根本上就是一个人物，是同一个人物原型性格的两个不同侧面。因此，在乐珺的梦里，两个人就合二为一：

> 这天夜里，乐珺做了一个梦。她梦见一次音乐会，她自己在演奏，大提琴发出辉煌胜利的乐声，听众中有一双黑沉沉的眼睛，随着她的琴声流动。这是阿遐！
>
> 忽然，那在台上拉琴的不是她，而是梁遐。梁遐用熟练的手法拉出了激昂的直向人的灵魂扑来的调子。

批评家贺桂梅读出了这种“分身术”，她在采访宗璞时，直率地问道：“在阅读您七十年代至八十年代与‘文革’记忆有关的作品时，我注意到您的作品中似乎一直存在两种类型的知识分子形象。一种是用自己的头颅去换取‘人’的尊严的勇士，一种是虽清醒但却有着犹豫、矛盾或怯懦的普通人。这两类知识分子似乎暗含了一种分裂的人格，一边意识到需要做一个勇士，同时写到自己理解但做不了这样的勇士的矛盾。是不是可以说，这也在一定程度上暗示了您在浩劫中的某种矛盾和焦虑?”[1]在著者看来,梁遐和乐珺正是贺桂梅所说的两类知识分子的人格代表,也是作者在两种人格选择中矛盾和焦虑心境的外化。

二

从叙事话语的连续性角度来看,乐珺这一形象是作者 20 世纪 60 年代小说中经常出现的第一人称叙述人“我”的延续,也是在新的写作环境、新的文本结构中的继续与发展,是作者自我形象的外化,她既是一个旁观者又是一个叙事的视点。在被叙的历史情境中,乐珺又是一个亲历者,是作品的主人公之一,她虽然清醒,但却谨小慎微,显然代表着知识分子“分裂的人格”当中另一个“自我”,即“虽清醒但却有着犹豫、矛盾或怯懦的普通人”。

梁遐虽然就其在文本中的具体身份,只是一个孩子,是一个在“文革”创伤中成长的少年和青年。但这一形象的想象性身份却是成年化的知识分子,或者说是知识分子人格中反叛的和英雄主义的那一部分。梁遐在 10 岁的时候,目睹了自己的父亲梁锋被批斗、挨打的情景,她大声地呼喊“爸爸!我的

① 贺桂梅:《历史沧桑和作家本色——宗璞访谈》,徐洪军著《宗璞研究》,河南大学出版社,2017,第 27 页。

爸爸！”她以10岁的年纪，卷入了“文化大革命”。

梁遐当时是小学四年级学生，因为和父母划不清界限，在学校也屡遭批斗。她在梁锋被批斗时大叫“爸爸”以后，梁锋单位的高音喇叭在很长一段时间里每批“大特务梁锋”时，必提到“狗崽子梁遐”。

就事理逻辑而言，一个10岁的孩子被作为一个政治批判对象和父亲“捆绑”在一起，是相当令人怀疑的，它的真实性应该说有相当多的纰漏。但从想象与美学的逻辑上来说，又是合理的，甚至是具有创造性的——梁遐这一形象是“伤痕儿”与成年化的、反抗的知识分子的结合体。或者说，从外在形态上来说，她是一个在“文革”中成长的儿童、少年和青年，她的遭遇和经历具有典型的“伤痕青年”的经验特征，而她的心态与性格也具有“伤痕儿”的部分特点，比如她偶尔流露出的玩世不恭。但她性格的早熟（10岁时独立生活并承担起给父亲送饭的职责）、她在政治上的卓越识见（对江青的谴责）、她过早地卷入“文革”的政治斗争（和父亲一起受批判），就不是“典型的”青少年的经历与心态，而是具有了成年人的经验与性格特质。对她的“成年化”的处理显然寄托着作者的某些想象与意志。准确地说，她就是作者塑造的“用自己的头颅去换取‘人’的尊严的勇士”，代表了作者在矛盾心态中追求正义而又勇于反抗的人格化的自我。这样看来，梁遐不仅是一个“伤痕青年”的形象，她还是一个作者人格化的自我，代表着在“文革”中被迫出场的成年知识分子内心反抗的声音。

三

在《弦上的梦》中，“爸爸”的出现、他在文本中的结构性位置，以及相关的思想领域的拓展，也表明这篇小说不仅是对主流叙事的加入，它有自己独特的问题意识，是宗璞小说自成体系的思想的一部分。在作品中，“爸爸”的形象并未正面出场，但是，“爸爸”及他所代表的价值理念——正直的知识分子热爱祖国，同情、支持进步事业，但都受到当权者的迫害而冤枉致死——却是小说人物关系和主题深化的关键符码。梁遐是伴随“爸爸”梁锋的被揪斗而出场的，她的心灵创伤主要是由“爸爸”的被害致死造成的，因此，她对“四人帮”的仇恨，她反抗的动机，不仅有“国仇”，而且有“家恨”。在这一文本中，“爸爸”是一个缺席的在场者，对“爸爸”的祭奠、对“爸爸”历史地位的正名，是这部小说重要的叙述动机之一。

小说结尾出现的大段议论性的文字也颇能说明问题：

琴声回荡冲出了剧场，响彻了天空。那是激昂的、雄壮的、胜利的音乐！这音乐是每个人用自己的心弦拉出来的，是人民用自己的心弦拉出来的！“爸爸！我的爸爸！”梁遐忽然叫了出来。她那清脆的声音混入辉煌的音乐声中，飘向了云端。原来在高高的人民英雄纪念碑上，出现了梁锋和许许多多名字，一时间光华万丈，与日月争辉。这些名字有的熟悉，有的陌生，也还有很多没有写在上面。他们都是极为平凡的人，而他们又都是无比伟大的英雄。他们在我们亲爱的社会主义祖国前进的曲折道路上奉献了自己。虽然牺牲的方式很不相同，但他们都有权力活在亿万人民心上，从而永垂不朽！

这段文字所描绘的情景出现在乐珺的梦境中，而和“纪念碑”有关的议论性文字完全像是来自一个外在的叙述人。这样的“议论”，从叙事学的角度来说，的确相当生硬，不少国外的读者难以接受是容易理解的。① 但是，这种勉强的，甚至是冒着风险的“议论”恰恰说明，在作者眼里，这些内容是多么重要，多么难以释怀，多么不吐不快。这些议论包含的历史内容与委婉的心曲就不是梁遐这一个“伤痕青年”能够承载的，它甚至也超出了“伤痕小说”“感伤的、愤怒的、政治化和道德化

① 该观点来自贺桂梅：《历史沧桑和作家本色——宗璞访谈》，载于 https://www.doc88.com/p-1975305220974.html。

的”①情绪与主题特征，而是转向了对知识分子道德品性与历史地位的思考，是要在人民英雄纪念碑上镌刻上知识分子的名字。或者更进一步说，梁遐对爸爸的呼唤和吁请将那些“极为平凡的人”刻上人民英雄纪念碑，带有更个人化的起因和动机，那就是作者对爸爸、哲学家冯友兰历史地位的思考。

宗璞曾经说：“三十多年来，从我的青年时代始，耳闻目睹，全是对父亲的批判。父亲自己，无日不在检讨。家庭对于我，像是一座大山压在头顶，怎么也逃不掉的。”②但在宗璞的心目中，父亲的历史地位和历史功绩是不能被抹杀的，因此，在冯友兰先生九十华诞的庆祝会上，当北大校长张龙翔不仅肯定了冯友兰的哲学贡献，而且充分肯定了他的爱国思想及在新中国成立前夕担任清华大学校务会议代理主席，带领师生护校，在新中国成立后将清华大学完整地交到人民手中的历史功绩时，宗璞不只感到“如释重负”，而是“有些诧异，有些感动”③。《弦上的梦》借助“爸爸”梁锋对知识分子历史地位的思辨和议论，使人可以明显感到作家自己和父亲的经历在起作用。

指出这一点，并不会降低《弦上的梦》的历史意义，因为历

---

① 黄子平：《汪曾祺的意义》，《北京文学》1989年第1期。

② 宗璞：《九十华诞会》，《宗璞自述》，大象出版社，2005，第22页。

③ 同上。

史从来就是具体的，而文学借助于对个人性的历史经验的叙述可以达到普遍性的效果。事实上，宗璞绝不是一个以宣泄一己的悲欢为目的的自恋的个人主义作家，她通过对父亲和自己经历的回顾与反思，达到了一种历史性的认知。在另一篇怀念父亲的文章中，她通过对父亲经历和人格的回忆，获得了这样的历史意识："我想历史会对每一个人做出公允的、不带任何偏见的评价。历史不会忘记有些微贡献的每一个人，而评价每一个人时，也不要忘记历史。"[①]这里，个人的恩怨已经完全化解，获得的是特有的旷达、通脱的历史感。基于此，指出宗璞创作的自传性，指出她文学经验的个人性质具有重要的美学意义和历史文化价值。首先，宗璞和她的父亲冯友兰作为20世纪两代知识分子的代表，他们的经历、他们心态和精神的变化与发展过程具有特殊的典型性，以自我为范本，然后通达对历史的认知、对知识分子心态和精神史的考察，这是一条便捷的、收效显著的美学道路。其二，宗璞特殊的知识分子身份，使她在认知历史、社会、个人之间的关系，以及传达这些经验时有着独一无二的角度与方法，她的结论不同于主流范式的思考，因此具有重要的历史文化价值。

① 宗璞：《三松堂断忆》，《宗璞自述》，大象出版社，2005，第27页。

四

如果将《弦上的梦》放置到宗璞小说的整体链环中来看，无论其精神特征还是其美学和文体特征，都具有过渡性的意味。作为“文革”后的第一篇小说，它对“文革”经验的叙述是间接的、侧面性的，一方面具有“伤痕小说”对“文革”进行批判与反思的主题，另一方面还具有对父辈知识分子历史地位正名的潜在意蕴，而后者显然是作者20世纪五六十年代小说中一个重要主题的延续；在叙述方式的设计上也显示出脱胎于《红豆》《不沉的湖》和《知音》的痕迹，如乐珺虽然以第三人称的身份出场，但她相对于核心人物梁遐而言，又是一个旁观者和审视者，承担着类似《不沉的湖》和《知音》中第一人称叙述人“我”的叙述、组织和评价功能(结尾处大段的议论就来自乐珺的梦)。宗璞小说的这一叙事结构所反映出来的基本就是作者自我与时代思潮的微妙关系：作为知识分子置身于波诡云谲的时代大潮中，难辞被改造的命运，但是父亲冯友兰的高大身影遮挡了宗璞出场的时机，暂时让她免受正面的、激烈的冲击。因此，她能够以一个游离者、旁观者的身份审视、分析知识分子的地位与命运问题。这种与知识分子尤其与自我身份特别吻合的“不即不离”的特殊文本特质，显示出作者在生活中的特殊位置和她认知生活时的特殊视角。

标志着作者以“历劫者”而不是“旁观者”身份真正出场的是中篇小说《三生石》，它是宗璞将自己的经验与知识分子命运作对位思考并且在叙述方式上不作任何“伪装”的真正起点，《弦上的梦》是宗璞小说创作的一个中转站，是她创作过程中的一个过渡作品。

原文发表于《汉语言文学研究》2011 年第 1 期

一个历史“跨界者”的形象“代言”

——王蒙“自传性小说”中的自传形象与“代际”书写

一 《王蒙自传》与“自传性小说”

阅读王蒙的一部分小说，如《青春万岁》《组织部来了个年轻人》《布礼》《活动变人形》等，常常会产生一种自传性联想。“四季”系列长篇小说的发表，钱文的人生路径与王蒙的“故国八千里，风云三十年”高度吻合则更加强化了这种“自传性”的认知导向。将王蒙的生活世界和他的文学想象世界作为“互文”看待，从“传记”或“自传”角度阅读、阐释他的文学创作是否与自身有关、有何价值？

《王蒙自传》三部曲（《半生多事》《大块文章》《九命七羊》）分别于2006年、2007年和2008年出版。在“自传三部曲”中，作者立体、全方位地描绘出自己丰富多彩的一生，尤其是《半生多事》对自己家族史的追述，对童年、少年时期的阅读、观影、听闻及梦想的描摹，对初恋和婚姻的闪烁其词又真挚多情的回忆，对如何迈入革命门槛，与其他革命者结成的友谊，革命成功后的欢欣鼓舞的深情再现，对初入文坛的紧张、兴奋、尴尬的呈现与自我辨析等，让我们为他的小说创作找到了一个发生学的渊源和基础，为林震、赵慧文、郑波、倪藻、倪萍、钟亦诚、周克、翁式含、钱文等诸多人物找到了阐释学上的依据，为从文史互证角度展开的"传记式"批评找到了实证性的根据。

但王蒙明确表示："我的作品除写新疆的《在伊犁》外，从来没有什么原型，却有生活中某个人物某个事件的启发。写出来以后，人物都是王蒙的创造与想象，他或她已经与启发了王蒙的那个人脱离了关系。脱离了关系却又引起了回想。"①王蒙对他的小说人物与作者或生活原型"若即若离"关系的描述似乎与鲁迅先生对文学人物创造时"嘴在浙江，脸在北京，衣服在山西"②的说法有着类似的美学旨趣。因此，将他的小说或部分小说命名为确切意义上的"自传体小说"或"自叙传小说"无疑存在着理论上与实际上的困难，尽管我们在他的小

① 王蒙:《王蒙自传・大块文章》，花城出版社，2007，第83页。

② 鲁迅:《我怎样做起小说来》，载《鲁迅全集》第四卷，人民文学出版社，2005，第527页。

说中经常地、确切无疑地能够指认出某些人物形象与生活原型的密切关联(如倪吾诚与作者父亲的关系、钱文与作者本人的关系等)。

尽管如此,我仍然尝试将王蒙的一部分作品称之为“自传性小说”,从作者与他小说世界相关联的角度来考量、阐释他的文学创作。王蒙特识独见的思想方法中有至关重要的一条:任何事物都要承认有“中间地带”①,泾渭分明、非黑即白的思维与判断是有害的。“自传性小说”这种策略性的命名可以实现对某种“中间地带”的描摹与探视。具体而言,这一命名的内涵与理据可概括为:第一,王蒙巨量的小说创作中有一个以作者的经验为基础,主人公的思想、性格与作者有着高度相似性与一致性,在作者不同阶段的创作中反复书写的小说系列,如 20 世纪 50 年代的《青春万岁》与《组织部来了个年轻人》,20 世纪 80 年代的《布礼》《如歌的行板》《杂色》《相见时难》和《活动变人形》,20 世纪 90 年代的“季节系列”与《青狐》等。虽然确切的“自传”指称有些勉强,但是,从整体上来看,这一系列小说塑造出一个相互关联的、自洽的人物形象系列。就其主体性而言,作者本人与这一人物系列有高度的自指性和认同性。第二,王蒙反复表示要为一去不返的时代留影,为时代、为一代人树碑

① 王蒙:《王蒙自传·大块文章》,花城出版社,2007,第 138 页。

立传的写作意识强化了这一系列作品的传记性。第三，王蒙本人的经历极其复杂，介入时代与社会极深，他本人就是勃兰兑斯所说的“杰出而又富有代表性的人”①，从“自传性”视角切入的研究无疑会强化他的小说世界与现实世界的“互文”关系，更强烈、更深入地揭示出他小说创作的思想史内涵。第四，从文体学的角度来说，他的这一系列小说，尤其是在“季节系列”中，作者有意使用“我——你”这一称述结构，形成第一人称叙述者向在场的受述人讲说故事的叙述模式，而且作者以“老王”的身份在文本中现身说法，形成了一种类似《史记》的“纪传体”体例，为“传记式”阅读提供了内部的文体学支撑。

当然，采用“自传性小说”这一命名方式也是为了与“自传体小说”这一严格的称谓进行区分。区分的依据除了传记形象与传主经验的相似度，以及“作者—叙述人—人物的三位一体”这一自传契约外②，我更看重的是王蒙这一书写方式在根本“气质”上与“自传体小说”的不同：一是传主的复数化，“我们”是主语，“代”的意识、对话的意识大于个人意识。二是“我们”的成长指向思想的“成长”——成长这一美学概念甚至都

① 勃兰兑斯：《十九世纪文学主流》引言，张道真等译，人民文学出版社，1997，第2页。

② 菲力浦·勒热讷在《自传契约》中将自传的核心定义为“强调他的个人生活，尤其是他的个性的历史”，参见勒热讷：《自传契约》，杨国政译，生活·读书·新知三联书店，2001，第3页。

不能完全描述“我们”的状态与变化轨迹，因为“我们”不仅表现为线性的、逻辑化的性格梯次发展，而且表现为“群”“代”之间的对话、争吵和“自反式”的质疑、探询，表现为人物心态和思想空间的无限扩展。如果说用“成长”或“成长小说”的模式阐释“自传体小说”有效的话，用“自传性小说”和相应的范畴应对的不仅是王蒙对人物性格的塑造，而且是一种弥散式的心灵空间的营造与“思想史”的书写。

二 “青年近卫军”

王蒙出生于北平的一个知识分子家庭，父亲曾留学德国，受到过西方文明皮毛式的熏染，不谙世事、懒理世俗功业的性格特点既导致事业的失败，也导致家庭的贫困和家庭关系的失和。王蒙后天一再宣称的“平民”出身应该来自一种切肤的感受。平民出身和每况愈下的生活处境，加上天生的敏感、早慧，使王蒙自然地、“唯物主义”地走上了革命道路。

王蒙是一个革命者、一个早熟的进步青年，但革命时期的王蒙是革命的外围成员①，北平的和平解放使他成为不战而

① 王蒙表示，在1948年地下党给他定位的是“进步关系”，不是党员，也不是党的外围成员，当时尚没有全国性的青年组织，但相对于已经入党并亲历如火如荼的革命活动的人而言，他又的确是一个“外围”成员，参考《王蒙自传·半生多事》第60—61页的叙述。

胜的胜利者，这使他与真正的革命者之间隔着一层似有若无的屏障。也就是说，作为一个政治和历史主体，王蒙是一个共产党员和革命者，但与那些真正参与新民主主义革命的革命者相比，王蒙的革命者身份显然缺少了一些枪林弹雨和出生入死的革命背景，在伦理关系和形象的想象序列中退居到次一级的位置上。王蒙和他称为“我们”的那一代人的革命身份用“青年近卫军”①或许能得到更准确的描述。

从另一方面来说，王蒙的“平民”出身又是可疑的、不切实际的。童年时期，在父亲的影响下，王蒙就有了丰富的看戏、观影、读书、赏乐的经历。这种并不“平民化”的精神培植和养育过程，显然既给了他最初的艺术养分和审美训练，也为他后天成为一名好学深思、爱追问、爱分析的作家铺就了土壤。王德威将“抒情”这一传统上的表达手法和文类概念上升为“一组政教论述，知识方法，感官符号、生存情景的编码方式”②，王蒙就是带有这种“抒情”特征的天生的诗人。也就是说，就其作为一个主体的结构性特征而言，王蒙具有一种典型的“中

---

① “少共”（“少年布尔什维克”）的提法广为人知，但“少共”指出的主要是其政治身份及其精神特质，而“青年近卫军”则重点指示他作为一个历史主体的“代际”性质，“少”有表年轻的意思，但更多地强调的是“近”，指的是“距离”，是他作为“次生代”与中国新民主主义革命的历史主体之间的跟随、观望、对话关系。

② 王德威：《抒情传统与中国现代性：在北大的八堂课》，生活·读书·新知三联书店，2010，第5页。

间人”特性，不是“两间余一卒，荷戟独彷徨”的“零余者”，而是一个“多出一厘米”的“跨界者”①。

从历史性的维度而言，王蒙和他称为“我们”的一代人是新民主主义革命的后来者、晚生的“青年近卫军”；从结构性的维度而言，王蒙又具有革命者/诗人、中坚意识/边缘感的跨主体的双重特性。这种历史性因素和结构性因素的独特结合构成了王蒙作为一个历史主体的特殊性与复杂性，这也决定了王蒙的“自传性形象”成为独特的“这一个”：以历史主体自命但又徘徊犹疑；神圣的担当意识、主人公感和自审、批判意识相纠缠；上下求索、左顾右盼既是他的思想方式，也决定了他的命运轨迹。与“革命历史小说”所塑造的那些革命者与先行者如江华、卢嘉川、江姐、许云峰等相比，他们既没有先辈们的光辉历史，也缺乏先辈们坚定不移的思想和钢铁般的意志。同时，也不同于林道静这样的小资产阶级知识分子，宿命般地成为一个在改造中学习、在学习中改造的“追随者”。“青年近卫军”作为特殊历史主体的独特性就体现在他的“跨代”和“跨主体”的中间性特征。

《青春万岁》和《组织部来了个年轻人》是王蒙在 20 世纪 50 年代的两部代表作，是他“自传性小说”的最早作品。细读

① 王蒙：《王蒙自传·大块文章》，花城出版社，2007，第 175 页。

可以知道，两部小说的主人公郑波和林震正是对社会和历史高度敏感但似乎又处于某种边缘状态的“动态”人物，两人的名字“波”与“震”提示的也正是这种“动”的特质。在思想和行为上的“左顾右盼”“上下求索”构成了他们的基本存在状态。

郑波是一个年轻的“老革命”，在女中这群活泼可爱的女孩子中有着早熟的经历，在一派天真烂漫的女生中显示出独特的忧郁性格。她的忧郁来自她的敏感，来自她对人生和爱情选择的左支右绌，归根结底来自她身份的“中间人”特征，即“跨代”和“跨主体”带来的人生选择上的波动状态。她是中学生中少有的党员，革命经历人人羡慕，但她却为自己的学习成绩不好而苦恼，因为她敏感地意识到在一个大建设的年代只红不专是不合格的接班人，在袁新枝、李春等更年轻、学习成绩更好的同学面前，她常常感到自卑。田林的爱慕与追求让她体验到了爱情的甜蜜，但她又时时感到恐慌，她躲避田林的追求并最终拒绝了他。她拒绝田林的求爱看似奇怪，实则有更内在的精神逻辑在支撑。一方面，在她的内心深处，她认为男女之爱是一种成年经验，与她的学生身份不相称。面对更年轻的一代时，这种经验让她觉得羞耻。另一方面，她窥视、猜度着革命引路人黄丽程的成人世界，黄丽程婚后没有血色的脸、烫过的卷发等暗示了婚姻生活的世俗性，这种世俗的成人气息让她望而却步。在一部以塑造群像为宗旨的小说里，郑波的经历和内心世界还仅仅是被掀开了一角，我们已不难发现这是一个典型的“夹在当间儿”的，在两代和两个历史主体之间观望徘徊、寻求归属的人物①，与作者有强烈的相似性，是作者自我指涉性很强的角色。

《组织部来了个年轻人》在很长时间里被作为一部“反官僚主义”的作品来阅读和阐释。依据这一定位和已经习以为常的阐释逻辑，林震被视作与刘世吾和韩常新相对立的“反官僚主义”者、一个抗争的英雄人物就是必然的了。正是从这一阐释思路出发，很多人认为林震是一个塑造不成功的形象②。王蒙自己说“我并没有试图把林震当英雄典范来写”③。在我看来，林震和郑波一样，是一个处于观望和思想波动状态的年轻人。作者构思的核心是将他作为一个“准主体”“亚主体”，写他面对社会和历史的中心（组织部是社会运转的核心机制的隐喻）、那些处于社会机制中心的过来人、先于自己进入成年世界的志同道合者时，内心产生的变化与震荡。因此，林震不是一个二元对立模式中的一极，刘世吾不是他的敌人（同时还是他的“兄长”），赵慧文也不完全是他的同道（赵慧文荒芜的屋内陈设和她不如意的婚姻引起他对成年世界的警惕，这

---

① 王蒙：《王蒙自传 · 大块文章》，花城出版社，2007，第 134 页。

② 同上书，第 151 页。

③ 同上。

时赵慧文是他审视的客体),他是混沌的生活状态中的行路人,他摸索着、试探着、思考着、成长着。

这或许就是王蒙的与众不同和出类拔萃,在一个英雄和他们的敌人构成的简单明了的文学世界里,王蒙写出了在混沌的生活面前试图睁开眼睛,试探着、思考着找寻生活意义的年轻人。年轻人的突出特色不是表现在他的通体透明似的崇高,而是表现在他们思考生活时的严肃、认真,表现在他们作为一个特殊的历史主体在新生活面前的惶惑与思考,表现在和大多数“新人”的单质性与理念化不同,一开始就体现出在代际、不同历史主体之间对话、质疑的思想者气质。这是王蒙的文学起点,某种意义上也是年轻的王蒙自己思考和寻找生活意义的起点。王蒙和他笔下人物在思想历程上的同步性是他小说“自传性”的基础和特色。

三　主体重构:对“党的儿子”的身份确认和诗人气质的反思

正是由于“跨代”,尤其是由于在结构上“跨界”的主体性身份——具体而言,作为诗人的“抒情”特征,好思考、好分析、好质疑的异见性眼光与声音让王蒙在20世纪50年代后期开始的运动中被抛出了政治生活的核心地带,游走于社会生活的边际角落。“故国八千里,风云三十年”是他这段生活的真实写照。但从政治中心的游离，使王蒙有机会深入到更广阔、更粗粝、更本真的生活中去，在深刻认识人民大众的同时，对自我也有了更深入的反思与认知。《布礼》《如歌的行板》《相见时难》《蝴蝶》《杂色》《春之声》《夜的眼》《活动变人形》等作品正是这段生活和思想轨迹的真实记录，钟亦成、周克、翁式含、倪藻等人物形象则是他进行历史反思的具象化载体。

王蒙自称是“夹在当间儿的”，自称“我早早地‘首先’入了党，后来才尝试创作。我无法淡化掉我的社会政治身份和社会政治义务”①。那么，“‘首先’入了党”的王蒙和他的自传性主人公在回归的过程中“首先”面临的主体性问题是：我是谁？我曾经是一名神圣的共产党员，但又被以党的名义宣布为党的敌人。一个特殊的时代结束了，我究竟何以自处？那个“无法淡化掉的社会政治身份和社会政治义务”仍然是有效的吗？或者说，什么才是我在新时期的“社会政治身份”和“社会政治义务”？

首先，“党的儿子”的身份确认与主体性的重新建构。《布礼》是王蒙复出后的第一部中篇小说，主人公钟亦成是一个早熟的革命者，年纪轻轻即走上党的核心部门的领导岗位。1957 年，他因一首小诗而被上纲上线地批判。他委屈、不解：

① 王蒙：《王蒙自传·大块文章》，花城出版社，2007，第 79 页。

“你怎么不问问我是什么人呢？怎么不了解了解我的政治历史和现实表现，就把我说成这个样子呢？”钟亦成抗议的潜台词是：我是党的人，怎能将一个历史和现实都忠诚的党员说成对党和党的事业心怀仇恨呢！1957年钟亦成正式被宣布为党的敌人，这种政治上的否定带给钟亦成的精神震撼类似于一场外科手术：“钟亦成和党，本来是血管连着血管，神经连着神经，骨连着骨，肉连着肉的……钟亦成本来就是党身上的一块肉。”宣布他为党的敌人等于将他从党的肌体上割除、抛掉。“对于钟亦成本人，这则是一次‘胸外科’手术，因为，党、革命、共产主义，这便是他的鲜红的心。现在，人们正在用党的名义来剜掉他的这颗心。”或者说，这是一个比死刑判决还要残酷的宣判。

于是，钟亦成开始了他的双重“流浪”：工作生活上的放逐，以及精神上的左冲右突和上下求索。他一会儿是意气风发的年轻革命者，一会儿是十恶不赦的反党反社会主义分子，一会儿是新社会的光荣建设者，一会儿又变成了被强制改造的坏分子。时空交错、人与非人、自我与他者变成了钟亦成存在的现象学事实，年轻的革命者这一历史主体零散化为非人非鬼、亦人亦鬼的边际性、碎片化的人。经历了对自己红色根性的反顾与确认，经历了对自己单纯、幼稚、过分浪漫和耽于想象的反思，经历了对幽暗人性的洞察，经历了在劳动中与人民的接触，那个被肢解和零散化的钟亦成才终于宣布了自己重新归来。这时归来的钟亦成已经不是过去的那个钟亦成，而是一个经过了否定之否定之后的“新人”，一个新的历史主体：“当我们再次理直气壮地向党的战士致以布尔什维克的战斗的敬礼的时候，我们已经不是孩子了，我们已经深沉得多、老练得多了，我们懂得了忧患和艰难，我们更懂得了战胜这种忧患和艰难的喜悦和价值。”

《布礼》被有些人认为是王蒙向党表达的政治忠心。这没有什么错。就像钟亦成因诗获罪，被怀疑对党不忠时的反应“你怎么不问问我是什么人呢？怎么不了解了解我的政治历史和现实表现，就把我说成这个样子呢？”一样，王蒙首先是一名党员，党的忠诚的儿子这一身份是他的“前世”，也是他的“今生”。当经历了严酷的放逐之后，重获这一身份就是他宣布回归的重要标志。

其次，对“抒情”诗人身份的自反式的审视与剖析。所谓“抒情”特质，落实在20世纪50年代的王蒙身上，就是在一个要求步调一致、思想统一、集体伦理统摄一切的政治与文化语境中如何表达个人独特的感受、思考和意愿。像钟亦成用诗歌表达自己的困惑和感受，像周克对《如歌的行板》的痴迷与钟爱等，这些“抒情”的独特气质和身份显然与党员身份和思想高度的一体化是异质的，甚至是背离的。对这种诗人与生俱来的"抒情"特质的反思构成了王蒙 20 世纪 80 年代初期自传性形象塑造的一大特色。就是说，王蒙在新时期的回归和他创造的"回归者"一方面以"党的儿子"自认，另一方面对自己的"抒情"气质和诗人身份进行自剖和反省。如在《如歌的行板》中，周克等人对柴可夫斯基这首名曲的旋律是如此痴迷，对这曲子所蕴含的温柔、美好的情愫神魂颠倒。他们因偷偷地欣赏此曲而罹难，而被放逐。经历了磨难后回归的、成熟的周克"超越"了、否定了以前的自己：面对真正的、艰难的、波澜壮阔的生活，《如歌的行板》的温柔、缠绵、美好就显得过分柔细、过分脆弱了。

再次，经历了多次运动的大浪淘沙，被王蒙称为"我们"的一代人作为一个统一的历史主体出现了离散的踪迹，这一共同体中既有像王蒙这样重拾信仰、重建主体性的"党的儿子"，也不可避免地出现了主动或被动"出局"的人，这些"局外人"在此时的小说中以"他者"的存在方式构成了对王蒙"自传形象"的反观和补充。一是颓废的、看破红尘的混世者，如《布礼》中的"黑影子"。二是背弃了祖国与信仰的畸零者，如《如歌的行板》的金克和《相见时难》中的蓝如玉。在塑造这类形象时，王蒙使用了一种共同的修辞，即一种美学的分身术，如《布礼》中的黑影子实际上是钟亦成一体两面的对话者；《如歌的行板》中的小克、大克、老克实际上就是一个"克"，即"布尔什维克”，三人的不同人生道路，代表了王蒙对“代”的思考，对“我们”作为共同体的思考出现了“分化”的苗头，三个“克”指称的是“我们”中不同成员在时代的大浪淘沙中的不同人生选择。

不论“黑影子”还是混世者、畸零者，他们都是作为王蒙自传形象的“他者”而存在的，他们的在场反证了“党的儿子”重拾信仰的艰难与可贵。这种一身几个影子的修辞策略也说明，在王蒙的认知视野中，“我们”的确是作为一个共同体存在的，但这一共同体开始出现了裂解的征兆，预示着在将来的创作中，“我们”只是一个“想象的共同体”，随着每个个体被赋予主体性，“我们”将成为真正复数化的主体群像。

四 “四季”：传主的复数化与“一世三代”传记的成型

20 世纪 90 年代，王蒙开始“季节系列”的写作。这部气势非凡的“长河小说”与王蒙此前的小说存在明显的“互文”关系，是他的“自传性小说”中占有特殊地位的作品。所谓“互文性”主要表现在：一是以自传形象为中心的人物关系结构和放逐一考验一回归的人生模式依然是“四季”话语体系的骨架；二是就小说讲述的经验性质与经验类型而言，“四季”与此前的自传系列有高度的同质同构的性质。“四季”可以被视作对此前自传书写的一次大规模、深层次的“重写”，是王蒙在新的历史语境中对自己人生经验的一次总结。

“四季”写作的世纪之交，是一个思想解放的时代，王蒙“想要说出真相”和要为一代人树碑立传的愿望不仅有了可能实现的机缘，而且由于政治、文化语境的深刻变革，使王蒙对自己和他同代人的思考获得了巨大的自由空间。因此，“四季”的“重写”不是重复，而是一次新的跨越。突出表现为两点：一是钱文作为一个与作者对位的自传性形象比以往的任何一个自传性形象都得到了加强；二是其他人物也获得了充分的主体地位，形成了“一世—三代—众生（甚至包括了猫和鸡）”的形象系列，复数“我们”而不是单数“我”的传记化才真正实现了作者为“一代人”树碑立传的愿望。

在所有自传性形象中，钱文是与作者对位性最明显、传记性最强、思想含量最丰富的一个。首先是传记经验的完整性。郑波、林震、钟亦成作为自传性形象，只涉及作者人生传记经验的局部，截取的是作者传记经验的片段与截面，是作者人生镜像的某一点或者某一个侧面，其中家族与童年经验的缺席使这些自传性形象与作者丰富完整的人生经历相比具有结构性的缺陷，其审美和历史认知的深度与强度被严重局限。钱文的出现，家族和童年经验、新疆经验的出场才使王蒙的自传性形象真正完整、丰满起来。唯其如此，王蒙试图通过自传性书写来达成对“一代人”进行真实记录和描绘的意图和目标，才找到了美学的支撑和坚实的形象基础。

钱文不仅在生命的长度和经验的宽度上超越了他的“前任”，更重要的是钱文在艰难跨越了“故国八千里，风云三十年”的沧桑岁月，经历了从恋爱、失态、踌躇和狂欢的“四季”的淬炼之后，从性格与思想层面上完成了自己的成熟化与成年化。20世纪50年代处于“恋爱的季节”的钱文是一个将现实/理想、自我/集体、阶级/人性对立起来，性格明亮但认知简单的年轻人。在经历了“失态的季节”“踌躇的季节”和“狂欢的季节”之后，钱文成熟了：他认清了更多的现实但仍不失热情与理想，“青年近卫军”的血液仍在血管里奔突；他懂得了个人和人性的重要性，但仍以自己是一名共产党员而自豪；看到了历史的扭曲甚至倒退，但仍对国家民族的未来充满信心。小说尽管没有给出钱文一个终极的、定于一尊的性格和思想终点——他的性格与思想仍然是敞开的，但无论是对个人、对社会、对历史、对现实、对领袖、对凡人、对国家、对民族的认知无疑具有了具体而充盈的内容，与20世纪50年代的钱文相比，中老年的钱文显然变得更宽容、更驳杂、更睿智。从年轻时的简单明亮到中老年的宽容、驳杂、睿智，这就是钱文的人生，这也是王蒙完整的人生镜像。钱文形象的成功塑造使王蒙笔下的自传性形象系列有了一个收束，有了一次总结，王蒙念兹在兹为一代人树碑立传的愿望有了一个一以贯之的纲领。

还不止如此。“四季”巨大的思想含量与美学价值还表现在钱文作为一个历史洞察者在建构自己作为一个历史主体的过程中，在一个“想象的共同体”中识别出自己，也识别出“他者”。这一洞察与识别过程提供的是钱文/王蒙真正的精神自传、心灵自传，是精神分析学层面上的成长与成熟，与社会历史层面上的成长与成熟互为表里。有两个层次。第一，是通过对“我们”、对“青年近卫军”作为统一的历史主体的消解和否决完成的。泥沙俱下的历史潮流中，钱文逐渐发现，被他称为“我们”、连上厕所也要共同行动的革命者集体并不是铁板一块，并不具有永远的统一意志、统一的道德属性，一句话，“我们”无法作为一个单数的历史主体面对历史洪流的肆意冲刷。赵林是“青年近卫军”团队中的领袖之一，对上级精神笃信不二，总是高调地、激昂慷慨地教导同伴，但在经历了命运的一波三折之后变成了一个意志消沉、看破红尘的市侩。李意作为一个民族资本家的儿子千方百计地改造自己争取“不掉队”，争取和大家一个样，但终究还是和大家不一样，不得不做一个“逍遥派”。祝正洪出生在城市贫民家庭，看起来诚实、憨厚、朴讷，但他是以守为攻、以退为进。他是天生的藏锋守拙、韬光养晦的大师。得益于此，他几乎是“青年近卫军”中唯一一个在事业上一帆风顺、官运亨通的人。这个看似厚道的人为保全自己不惜伪造事实，向自己的恩人发起致命一击，显示出他阴狠毒辣的一面。祝正洪身上显示出中国文化性格的诸多隐性密码，是单纯明亮的现代革命文化不可能孕育产生的，在王蒙以前塑造过的“青年近卫军”这一形象阵营中从未出现过如此复杂的形象。

“季节系列”和《青春万岁》相似，是结构宏大的群像小说，“一代人”的群体形象是作者书写的重心。但通过比较会发现，《青春万岁》中的中学生群体存在不同性格，但并不存在不同的“语言形象”和“语言主体”①，而“季节系列”中的几个主要形象突破的不仅是性格，如李意和祝正洪，而是突入了另外一种语言体系，说出了另外一种语言的“语言主体”和文化主体。“季节系列”不仅是规制宏大的“长河小说”，而且是真正意义上的“复调小说”，它告知我们在被认为有着共同政治和道德属性的“一代人”中其实存在着不同的政治与道德分野，在历史洪流的冲刷之下，一个铁板一块的共同体是不存在的。一个“想象的共同体”的消失，意识到“一代人”实际上是由各种各样的历史个体共同组成的，标志着钱文真正的成熟，标志

① 巴赫金把现代小说在本质上看作是“杂语”的处所，是不同的“语言”之间的“对话”。因此，在他看来，小说的根本任务是塑造“语言形象”而不是“人自身的形象”。或者说，小说塑造的没有表达特殊语言意识的人物形象是没有多少价值的。可参见孙先科：《巴赫金的“语言形象”概念与小说阐释的新范式》，《文艺理论研究》2005 年第 4 期。

着他作为一个历史主体的自觉。

第二，是在不同的代际发现了“我”和“我们”的特异性，在与“介体”与“助体”的对比中发现了“代”与“代”、“性别”与“性别”之间的差异性，发现了他们各自作为历史主体的主体性。在王蒙“季节系列”以前的“自传性小说”中，存在着一个以自传性形象为中心、为主体，以一个先行者、引领者和大哥身份出现的革命者为“介体”，以一个异性同行者为“助体”的想象性“三角关系”模式①。典型的如《青春万岁》中以郑波为中心，以黄丽程为“介体”、田林为“助体”的“三角关系”；《组织部来了个年轻人》中以林震为主体，以刘世吾为“介体”、赵慧文为“助体”的“三角关系”；在《布礼》中以钟亦成为主体，以老魏为“介体”、田雪为“助体”的“三角关系”，等等。这一“三角关系”的典型特征是，自传性形象的主体性成长仰赖于对“助体”和“介体”的观察、审视、猜测、想象，在与二者潜在的精神和心灵的“对话”关系中确定自己的历史地位和精神走向。这一“三角关系”最大的美学和思想史价值在于让我们真正从心灵史的角度、从精神分析学的层面上看到了像王蒙这样的“青年近卫军”身份的历史“亚主体”的精神成长过程，在主体化过程中复杂而又鲜活的心灵状态。

---

① 参见勒内·基拉尔：《浪漫的谎言与小说的真实》中第一章和第二章的相关论述，罗梵译，生活·读书·新知三联书店，1998。

但是，这一“三角关系”在美学和思想史上的缺陷也是显而易见的，即“介体”和“助体”某种程度上的符号化、隐喻化从而遮蔽、隐匿了他们作为真实的历史主体的历史行迹和丰富复杂的心灵世界。刘世吾、黄丽程和老魏，田林、赵慧文和田雪均因为在文本中被作为主体（叙事的内视角）的透视和猜度对象，他们的生活世界和心灵世界变得神秘而陌生。很大程度上，他们是作为媒介和助手来促成、助推主人公在心灵上的成长和主体化，而他们本身并未被充分主体化。从这种意义上来说，郑波、林震和钟亦成因为刘世吾和赵慧文等并未被充分地写实化、客观化、历史化、主体化，自己某些程度上成为“想象的主体”而不是“间性主体”。主体的“间性化”一定程度上是在“季节系列”中完成的。突出地表现为“介体”和“助体”由神秘化、象征化、符号化到写实化，经历了历史的“祛魅”、还原，直至成为一个真实的历史主体。

“介体”：犁原和张银波是文艺界举足轻重、呼风唤雨的两个人物，他们在钱文进入文坛和成长过程中起到了重要作用。非常类似于老魏与钟亦成、黄丽程与郑波的关系，钱文对他们也有种亦父亦兄的道德亲切感及在精神上追逐和模仿他们的迹象。但重大的不同是，通过将他们充分地还原到生活情境中，完全地历史化，他们作为偶像的历史地位逐渐崩塌了。他们在政治上表现出的软弱和骑墙行为消解了他们作为一个政治主体的神圣光环，他们在政治态度上的噤若寒蝉、唯唯诺诺在钱文眼里毋宁说是“猥琐”的，与钟亦成眼中老魏作为引领者的高大神圣形成强烈反差。张银波在女儿身陷绝境时表现出的冷酷绝情，在小老弟钱文登门看望时表现出的冷漠和拒人千里之外的态度，以及犁原在与廖琼琼的爱情关系上的变节与出卖行为几乎可称为不仁不义。侠肝义胆、情同手足的伦理关系丧失了，引领者作为道德模本的偶像地位不复存在。钱文对犁原和张银波的历史化的叙述完成的是对一个历史主体的政治和道德“祛魅”。当然这一“祛魅”的历史过程在精神分析学和美学上的意义是双重的：作为新民主主义革命引领者的神圣化和偶像地位被打破，一个更有政治和道德具体性（高尚与卑下、坚定与软弱等品性纷然杂陈）、更复杂多样、更具立体感的历史主体被重新建构起来；而作为追随者和模仿者的“青年近卫军”也逐渐摆脱了作为历史“亚主体”“次主体”的精神焦虑，结束了一直处于“波”与“震”中的心理状态，从而获得了作为一个独立的历史主体的意识自觉和历史自信。

“助体”：在“季节系列”以前的自传性小说中，“助体”角色如田林、赵慧文、田雪在文本中的位置经常是处于被主人公观察、透视、揣测的客体地位，没有被作者的叙述触觉直接触摸，与主人公的真实关系基本处在一种想象性的道义支持者的地位，作为性别和历史主体存在着不少盲区。在“季节系列”中，主人公钱文的“助体”是由吕琳琳和他的妻子叶东菊一同承担的，吕琳琳还保留了此前“助体”角色的被动、客体化、神秘化的特点，而叶东菊则高度地写实化了。就像她的名字“东菊”（采菊东篱下，悠然见南山）所隐喻的，叶东菊是作为人性（女性）最质朴自然的一种生命样态来呈现的。尽管名字是隐喻性的，但对叶东菊生活的呈现却是写实的，因此，叶东菊比田林、赵惠文、田雪等任何一个助体形象都更有真切感和立体感。正是在与自然、真切的叶冬菊的对视和交往中，钱文认识到了自己的爱激动、爱分析、爱上纲上线、虚妄和不笃定的一面，钱文作为一个历史主体的主体化过程是与叶东菊代表的自然质朴的女性主体对话和相互询唤的结果。

在“季节系列”中，王蒙还塑造了洪无穷和陆月兰等“下一代”的形象，“他们”同样与钱文的主体性成长构成了不可分割的“间性”关系。这样，王蒙要为“一代人”树碑立传的心愿实际上是通过“三代人”的询唤与对话完成的。“一世三代”的精神对话结构显然将“一代人”的传记形象立体化、心灵化了，所谓王蒙自传形象的“杰出而富有代表性”正是体现在“代际”之间的对话，通过不同主体之间的对话而勾勒出了当代中国“人们内心里的真实状况”①，从而使他的“自传性小说”具有了当

① 勃兰兑斯：《十九世纪文学主流》引言，张道真等译，人民文学出版社，1997，第 2 页。

代心灵史和思想史的价值和意义。

本文的写作立足于这样一个前提，即将王蒙“自传性小说”中的自传性形象视作与作家王蒙对位的一个历史主体，从文史互证的角度揭示这一历史主体的历史行状和心灵史脉络。从一般文艺学的角度来说，这样的立论和论证逻辑未必十分严谨。好在王蒙并非一个“一般”作家，他丰富而独特的个人经历、他强烈的政治意识和主体意识、他从自我剖析入手进入历史的诗学方式，的确构筑了一个丰满的历史、现实和文学想象难分难解的“互文”世界，从文史互证角度开展的阐释又是合理的、有效的。上文的分析至少让我们看到了王蒙创作别人无法替代而批评又鲜有论及的两个方面：第一，作为新民主主义革命的“亚主体”，“青年近卫军”在当代历史中的历史际遇与心灵史。这是“革命历史小说”和“新历史小说”都少有触及的历史与思想史的领域。第二，作为一个拥有中共党员和抒情诗人双重身份的人，他总是比别人“多出一厘米”的“跨界”视野，通过将自己代入历史，通过“代际”和不同主体之间对话化，提供了进入历史、思考历史的新模板：传记与精神分析学相互渗透的诗学方式，提供了不失宏大和正史意味又具有心灵和思想史深度的小说新美学。

原文发表于《文学评论》2018 年第 2 期

复调性主题与对话性文体

——王蒙小说创作从《青春万岁》到“季节系列”的一条主脉

“初始情境”、经验类型与主题结构范式

精神分析学认为，人在童年时期所遭遇的“初始情境”会对他后天的心理成长造成至关重要的影响，甚至会决定一个人的成长模式和人格类型。对于弗洛伊德来说，这种“初始情境”就是儿童所偶然目睹的父母的床笫经验①。这一惊世骇俗的论点体现了典型的弗洛伊德式的话语特色，即它的泛性论内涵。但弗洛伊德的精神分析学话语是可以在隐喻的意义上来阅读的。著名学者肖斯克说，弗洛伊德“通过把他自己从

① 弗洛伊德：《摘自一例幼儿精神病史》，转引自刘皓明：《狼人病史》，载恺蒂著《楼上楼下，屋里屋外》，上海：生活·读书·新知三联书店，2004，第59页。

事政治的过去和现在转化到一个偶合现象上，弑父取代政治，把它与父子的冲突联系到一起”①，可以说，以性作动力，以父子冲突为典型的结构模式是弗洛伊德进行政治和社会文化批判的一种叙述方式。因此，抛弃它的泛性论外壳，“初始情境”所表达的内涵具有很大的合理性。做些微的翻译和修正，可以表述为：人生起步时所逢遇的一种典型的生活情景对人的成长是至关重要的，它不仅作为一种生活经验被深刻地记取，而且会作为一种结构性的经验范型、规约，指导后天的心理定向、思维特征与行为模式等。

王蒙作为一个“少共”，一个亲历旧社会土崩瓦解、新社会冉冉降临的“年轻人”，一个将自己定位于“既是生活的实行者、当事者，又是生活的欣赏者、观察者”的作家②，不仅躬逢改朝换代、翻天覆地的社会巨变，而且还是这一“盛况”的创造者和当事者。兴奋、喜悦和狂欢之情就是王蒙这一代“年轻人”所遭遇的“初始情境”。这一“初始情境”所具有的特殊的时间机制、公共性的空间场景、万众狂欢式的热烈气氛凝缩为一种典型的、特殊的现代性经验类型：新（社会）/旧（社会）对比产生的时间往前发展、时代在进步的社会历史观念，广场

① 方成：《精神分析与后现代批评话语》，中国社会科学出版社，2001，第29页。

② 王蒙：《倾听着生活的声息》，《文艺研究》1982年第1期。

(公共场景)/家(私密性的场景)之间的对比带来的国家、集体意识和民族自豪感,集体狂欢式的热烈气氛,感伤、抒情、自我体验式的生活方式之间的对比促成、强化一种乐观的、单纯的、理想主义的情绪特征。对这种特殊的现代经验的书写,形成了王蒙小说创作的一些基本主题,或者说是主题的结构范式。青春的朝气和新生的喜悦/内心的感伤与惶惑感,革命的激情/日常生活的合理性,集体的事业/个人存在的正当性等二元结构的主题对话成为王蒙小说创作的基本的主题范式,在王蒙带有自传性质的、以"年轻人"这一特殊精神主体为主人公的一类作品中,这一主题范式尤其典型。

在这一主题的结构范式中,两个相反相成的主题相互对立、相互质疑、相互辩难,同时又相互生发、相互依存、相互应答;质而言之,它甚至不是两个主题,而是一个宏大主题的两个层面、两个向度。我把这样两个主题相反相成的存在方式与运作方式称作"复调性主题"。而"复调性主题"运作和实现的过程,是王蒙调动所有的语言因素进行对话的过程,因此,"对话化"则是王蒙这类小说在主体上的典型特征。研究发现,这一主题和文体特征并不仅仅以 20 世纪 50 年代的小说创作为限,从《青春万岁》到"季节系列"这一总体特征是一以贯之的,是王蒙小说创作的一条主脉。但是,由于写作语境的变化,在每一个不同的阶段,"复调性主题"和"对话性文体"又表现为具体而微的差别。本文将王蒙到目前为止的小说创作分为三个阶段，以他的带有传记性质的一类小说为主要评述对象，为王蒙小说的变化和内在的关联描述一条主脉，这一努力一方面会让我们发现王蒙的小说创作是独一无二的，另一方面也使我们窥知王蒙小说在当代文学史上结构性的位置。

“青春体小说”的“主调”与“副调”

《青春万岁》和《组织部来了个年轻人》是王蒙 20 世纪 50 年代最有代表性的作品，有评论家用“青春体小说”来概括它们，指出它们的审美焦点是“强调青春的力量和新生的喜悦”①。毫无疑问，青春、集体、革命是王蒙 20 世纪 50 年代小说主题和精神上的主调，但是如果单方面强调这一激昂向上的主调，无视或忽略这些小说中与主调对话的“副调”，即对生活的日常性、人生当中的世俗责任的担当及家庭、个人在社会中的正当性的肯定，就是对这批小说的一个误读，无法为王蒙小说思想的发展找到可解释的发生学的渊源。

《青春万岁》像它的篇名所指示的一样，是一首青春的抒情诗，欢乐、激昂是它的主调，也正是在这种意义上，同代人和

① 董之林：《论青春体小说——50 年代小说艺术类型之一》，《文学评论》1998 年第 2 期。

后代的读者将它看作20世纪50年代时代气氛的一个象征。对《青春万岁》"主调"的不无偏颇的阐释与解读，遮蔽了这部小说另一个结构性的主题，或者说主题当中一个结构性的组成部分，即当下、世俗和日常性的生活是否有价值，青春、集体和革命的事业是否与之相矛盾。这一"副调"与"主调"的对话是始终存在的，它表现为这样几个主题因子之间的问难与对话。

（一）青春与革命的激情（政治热情）与现实环境、年轻人的知识及实际能力之间的对话（对比）。在文本中是以代际之间的"对话"展开的，更准确地说，班主任袁老师这一形象代表了"现实"这一对话者的身份，他对杨蔷云等表现出的政治热情是有戒心的，他以他自己的亲身经历察知这些年轻学生的政治热情是有些空洞的，因此，他虽然不太自信，但是仍不时地将自己的观点表达出来，小说借助郑波这一叙述和评价视点，肯定了袁老师和他的价值观，肯定了他作为对话者的身份。

（二）集体生活与"家"这一私密性的伦理场景之间的对话。毫无疑义，《青春万岁》肯定了集体生活的政治与伦理价值，但是对"家"的叙事态度却是矛盾的、犹疑不定的，换句话说，对"家"的伦理价值，《青春万岁》并未一概采取"现代性"叙事中的否定性视角，而是有所甄别，有所扬弃的。小说对三个家庭有较细致、清晰的叙述。一是苏宁的家，一是郑波的家，另一个是袁新枝的家。对苏宁的家的叙述视角主要是杨蔷云，她的性情的明朗与热烈，和苏宁之家的沉闷、晦暗、破败、腐朽、压抑形成强烈的对比。杨蔷云帮助苏宁重新布置房间的场景可以看作一个隐喻，即对一个腐朽的贵族之家的痛快淋漓的荡涤，小说对这个“家”的否定姿态是显而易见的。郑波在小说中是一个视点人物，她对自己的家的态度是矛盾的，表现为强烈的离心和向心的双重倾向。一方面是对家，尤其是对母亲的含辛茹苦充满同情；另一方面对没有爱情的父母关系，没有温暖和理解的亲子关系、对父母的狭隘、自私、目光短浅又充满怨尤之情，有一种要离弃它的强烈愿望。作为对上述两种家庭的“对话”因素，袁新枝的家则是一个和谐的、温情的理想之家。对这个家庭的充满感情和认同的描写，可以体察到作者对“家”这一日常性的场景的深情幻想。

（三）青春的朝气、单纯与欢乐的气氛、集体的无差别感和主人公内在的忧郁与惶惑感的对话。野营、篝火晚会、“五一”“七一”“十一”等国家节日的大游行等集体性的场景构成了《青春万岁》的大部分叙述内容，集体活动所特有的热烈气氛也构成了这部小说的基本格调，但是，主人公郑波的内心语言，这种语言所特有的忧郁情调和个性化色彩与那种单纯、欢乐的气氛产生了龃龉，正是有了这种带忧郁情调的“沉思”，这部小说才具有了几分凝重和深刻。

《组织部来了个年轻人》在主题上是《青春万岁》的继续和深化，理想与现实，青春期的光明、热烈与成年世界的事故、冷漠构成强烈的对比，两个世界、两种主题的对话以前所未有的方式和强烈程度得以展开。

但是必须指出，在王蒙20世纪50年代的创作中，现实性主题、世俗生活的合理性主题是以隐蔽的方式存在的。表现为：

(1) 成人化的世界、世俗性的生活还没有落实为写实性的经验形态，写意化、象征化、片段化的形态特征说明现实性的世界仍处于一种遮蔽、半遮蔽的状态，一种被抑制和压抑的状态，作为对话的一方仍处于朦胧与晦暗的初始阶段。如《青春万岁》中对家庭生活的叙述是片段的、写意性的，家庭内部关系的复杂状况很少被触及。

(2) 世俗性的生活是经过"年轻人"的眼睛过滤的，它总呈现为年轻人心里猜度的、想象的对象与结果，带有强烈的主观性、意向性的特征，有时表现为主人公意识(或潜意识)的波流。如《青春万岁》中，黄丽程的婚姻生活没有被直接触及，而是被郑波的意识所呈现，黄丽程的卷发、没有血色的脸、在商店里购买暖水瓶等一系列和俗常的婚姻经验相关联的生命和生活意象，都在郑波的心灵世界中引起震荡，外在的生活经验的冲突、理想主义和现实主义主题的冲突内化为、压抑成一种意向性经验，一种在个体心灵内部展开的“潜对话”。

(3)“对话”呈现为未完结的完结性。巴赫金认为，“复调小说”的重要特征之一表现为主题的开放性和未完结性。我之所以认为现实性主题在王蒙20世纪50年代小说创作中是以隐蔽的方式存在的，还因为，它与革命与理想主义的主题的“对话”经常被强行终止，一种人为接续的“光明的尾巴”使“对话”中的现实性主题戛然而止，两个主题的“对话”呈现为未完结的完结性。《青春万岁》以年轻的中学生在天安门广场的“巡礼”作为他们毕业的一种仪式，在这一仪式中让毛主席出场(他在天安门城楼上的画像，以及把一辆银灰色的小汽车说成是毛主席乘坐的)，从而使这一仪式神圣化。这一神圣化仪式所召唤、允诺的光明前景将困惑着郑波的所有现实性的矛盾与难题都给压抑了。《组织部来了个年轻人》的结尾出现的“区委书记的高大侧影”暗示了理想化的结局，让林震困惑不已的矛盾命题(理想化的生活与现实中的不理想)不了了之。

“考验小说”与“意识流”

吊诡的是，在文学中被强行压抑、强制、强迫遗忘的现实性主题在现实生活中得到了淋漓尽致的表现，1957年的反右、1958 年的“大跃进”、1959 年的“反右倾”、20 世纪 60 年代初的大饥荒、持续 10 年的“文革”，这些发生在新中国的政治、经济、文化生活中的大悲剧是对 20 世纪 50 年代“文学中的光明梦”的无情的嘲弄与反讽。也正是从这种意义上，王蒙 50 年代小说创作中与理想主义主题对话的那个“副调”——日常生活的合理性的主题是多么的难能可贵。

作为“57 族”的一个成员，作为经历了与文学中的“光明梦”完全不同的现实中的“创伤”的一个作家，王蒙在 20 世纪 70 年代后期“复出”以后小说创作的语境与 50 年代已经完全不同了，奠定了他 50 年代小说理想主义主题、光明、热烈基调的那一现代性经验已经不复存在了，相反，那批 50 年代的“年轻人”却在历次的政治运动中走入“炼狱”，目睹着人性中丑陋的一面。那么，以这种“创伤”经验为基础，王蒙这一时期的小说创作会有何种变化呢？他的小说主题与对这种主题的阐释方式是否有一种美学上的变化？

王蒙在 20 世纪 70、80 年代的创作有两组作品特别引人注目。一组作品是从《最宝贵的》《悠悠寸草心》到 80 年代以“意识流”形式出现的短篇小说，如《风筝飘带》《春之声》《海的梦》《夜的眼》等。另一组是以《布礼》《蝴蝶》《如歌的行板》《杂色》《相见时难》为代表的中篇小说。这两组作品均是以粉碎“四人帮”后的“当下”时间作为叙事的逻辑起点，现实问题——被破坏了的诚实的品性、干群关系，对党、国家、民族、生活和美好事物的坚执的信念如何得以恢复，或者说“如何面对未来”的问题是这组作品的关键所在。就是说，深刻的问题性成为这一时期王蒙小说创作的主要特征之一。某种程度上，这两组小说从宏观上可以概括为一个“长句子”：国家遭受了磨难，党的路线出现了错误，社会生活、社会风气受到破坏，家庭和个人生活里有诸多不如意，但是我们能由此而怀疑党的伟大、国家的神圣和民族的希望吗？我们能由此而丧失信心、理想和对未来的期待吗？这是一个巨大的设问。

对这一问题的回答方式是通过对主人公的心理考验完成的。这两组作品几乎都是以某种有价值的东西的“失落”，以主人公心理的不满、欠缺和目的不甚明确地“寻找”，总之，是以“问题性”作为叙事动机的。其后经历某种特殊的考验，主人公获得某些启悟，心境渐趋平静。对主人公这一心灵历程的描绘，正是“那种有价值的东西”被垢污，其对立面兴风作浪，而后二者交锋、对话的过程。就是说，一个积极的、肯定的命题与它的反命题的较量与对话。总之，复调性主题之间紧张的论辩性是这两组文本的结构性特征，而通过将这种复调性主题的论辩、对话内化为对主人公的心灵考验则是它们的形态特征。深刻的问题性、论辩色彩、心理化特征几乎就是巴赫金命名“考验小说”的全部理论性基础：“考验思想所具有的布局力量，有助于深刻而有效地以主人公为中心组织起各种不同的素材，把紧张的惊险性与深刻的问题性以及复杂的心理感受结合在一起。”①

以《春之声》为代表的那组短篇小说发表之初，批评界有不少命名，“情绪小说”“心理小说”“情境小说”等不一而足，但从整体特征而言，“考验小说”的命名显然更贴切。岳之峰、缪可言在各自的“旅程”中（不论是在火车上，还是在海边）经历着“文革”后百废待兴的事实，心情陷入迷惘、失落之中，此时，“回忆”显示了它的原始性的拯救力量，过往的青春经验，尤其是“年轻人”所经历的那一“初始情境”——旧世界土崩瓦解、新社会冉冉降临——所特有的光明、理想、热烈的气息以强大的冲击力唤醒了他们沉睡的激情，使他们在荒芜和废墟中看到希望与理想之光，心境由此变得释然。在《夜的眼》《深的湖》中，双重主题对话——务实甚至是“庸俗”的日常生活与光明、理想的对话（烤羊腿和民主，湖的清澈、美丽和厨房里的油烟气）是以空间（偏远的小镇和大城市）和代际（父与子）的对比完成的。以问题性开始，以对话、论辩为过程，以心理、思想的顿悟、释然、豁然开朗结束，这组短篇小说体现出“考验小说”典型特征。

---

① 巴赫金：《巴赫金全集（第三卷）》，河北教育出版社，1998，第 223 页。

同时，出现在这些小说中的诗意的象征意象也带有双重主题并置、对话的显著特色：每一个象征体均是两项对立又相辅相成的意象因素的组合与统一。闷罐子火车——破败、拥挤、缓慢，但它毕竟在前进。大海——时而凶险、时而温柔，它见证着历史的沧桑，同时也翻滚着爱情、清纯、自由的波涛。城市夜晚的灯光——既照亮了城市的生机与活力，同时它又像一只魔鬼的眼睛注视着城市中的肮脏与丑陋。猫头鹰的眼睛——既像清澈明亮的湖水，又装进去了"一代人的悲哀和快乐，渺小与崇高，经验和智慧，光荣与耻辱"。

由于中篇小说这一文体提供了更广阔的经验空间，因此在《布礼》《蝴蝶》《如歌的行板》《杂色》《相见时难》等文本中，考验的思想——主人公（共产党员和知识分子的双重身份，张思远略微例外，但他思考的问题及思考方式与钟亦诚等人并无大的差异）对共产党、国家、人民、理想和信念的忠诚与执着——是以圣徒受难的方式展开的。巴赫金认为，以苦难或诱惑考验圣徒的思想构成了"考验小说"的基础之一①。王蒙小说的主人公不是基督教意义上的圣徒，但钟亦诚、张思远、周克等人却是另一种意义上的圣徒——对共产党、对国家、民族、革命信念矢志不移的信徒，而苦难和诱惑恰恰构成了他这

① 巴赫金：《巴赫金全集（第三卷）》，河北教育出版社，1998，第223页。

组小说复调主题中一种强劲的旋律，或者说，受难与信仰是这组小说两个结构性的主题，二者的辩难与对话是它们呈现主题的根本方式。《布礼》是对共产党员忠诚信念的考验。这一考验主题是在两组相反相成的经验和主题的交战中完成的。1949年，钟亦诚唱着“路是我们开，树是我们栽”的歌曲，“心里充满着只有亲手去推动看得见、摸得着的历史车轮的人才体会得到的那种自豪感”开始了自己的人生旅程。但是到了1957年、1966年，他却变成了背叛了共产党的叛徒和敌人；50年代初抱着神圣的信念忘我地工作，改造自己心灵深处的个人主义，到了1979年，一个“灰影子”以露骨的自私和庸俗嘲弄他的信仰。正是这种精神上苦难的主题考验着钟亦诚的“忠”亦“诚”。《蝴蝶》是对一个人，一个身为革命者的人如何保持本色、不被异化的考验，这一主题是通过党/知识分子、官/民、父/子、家庭/工作等系列对立的主题范畴的质询与应答来完成的。确切地说，王蒙引述“庄周化蝶”的寓言是在反用它的寓意：人在经历苦难的考验时，不可能如此轻飘飘地时而庄周，时而又变成蝴蝶；苦难应该是信仰的试金石。

这里也许有必要论及这组“考验小说”的结尾方式，因为它体现的是这些小说，甚至是王蒙本人的思想方式与思想成果。“青春体小说”的结尾以神圣形象的现身强行压抑了现实性主题的进一步展开，勉强保持了意识形态的完满。七八十年代的小说中，现实性命题是以苦难的面貌出现的，意识形态的完满性恰恰是被质疑和考验的对象，它的自足性被打破。对意识形态主题的考验过程完整地体现为黑格尔式的正命题/反命题/合命题的“三段论”模式，一种螺旋式上升的思维模式。小说的结尾——考验的结果和思想的结论是“合命题”：50年代的理想、信念纯洁、美好但是过分的单纯而透明，政治上的激进与极左造成了苦难与悲剧，但那是暂时的，是可以克服的，因此悲观、牢骚于事无补，我们需要的是从单纯透明变得丰富、深沉，由牢骚满腹化为行动。因此在我看来，出现在他这一组作品中的最为重要的一个隐喻是“桥”而不是轻飘飘的“蝴蝶”。有关“桥”的思想——联系的思想、通达的思想、行动的思想是王蒙这一时期最重要的思想方法与思想成果。

王蒙“意识流小说”的文体实验是“考验小说”在美学上的伴生物。考验的思想是一种将斗争、矛盾、决战问题化、内在化的一种思想，而“意识流”正是表现这一思想最恰切的形式。王蒙此时的小说文体试验，体现的正是一种思想的对话与交锋，不是两种思想、两个阵营的交锋，而是自己与自己的交锋，是“信”还是“不信”之间的对垒，是自我对另一个自我的考验、说服。“意识流”是将“对话”内在化了的一种文体，它使钟亦诚和“灰影子”、张副部长与张老头的“对话”成为现实。

“意识流”文体与手法的实践还可以从文艺社会学的角度得到解释:“文革”后我们所面临的诸多问题——人心不古、价值失范是“反右”“文革”等历史性的灾难带来的,诅咒和牢骚于事无补,人们需要重拾信心和理想。而信心和理想的资源来自20世纪50年代的青春经验,对这种青春经验的还原与复活就成为与“创伤”相对抗的精神资源,是在叙事中必须完成的一项工作,而短篇、中篇小说的体制是无法充分、大面积容纳生活经验的。但碎片化的经验形态打破了时空限制的结构形态,为青春经验的复活提供了机遇,“意识流”小说可谓是应运而生。正如王蒙自己所说的,“复杂化了的生活经历、思想感情,需要复杂一点的、多种多样的艺术表现形式”,也不能作为一个抽象的有关内容形式关系的文艺学命题来理解,它是有具体的针对性的文艺社会学命题:社会动荡扰乱了世道人心,精神的复杂性表现为经验的纷然杂陈和语言的众声喧哗,意识流这一文学叙事的文体形态是复杂的世道人心、复杂化的精神世界这一社会形态的一个镜像。

“季节系列”和“杂语”的处所

20世纪的90年代,王蒙相继推出了《恋爱的季节》(1991年)、《失态的季节》(1994年)、《踌躇的季节》(1997年)、《狂欢的季节》(2000 年)等四部连续性的长篇小说,它们被合称为“季节系列”。像有的评论家所言,“季节系列”中“处处存有王蒙个人经历的烙印”,而主人公也是我们所熟悉的,钱文身上留有郑波、林震、钟亦诚、周克等人物形象的影子,知识分子与革命仍然是这一“系列”的核心主题。因此我们有充分的理由将“季节系列”看作“年轻人”传记系列的有机组成部分,是 20 世纪 50 年代“青春体小说”和 20 世纪 80 年代“考验小说”之后的有效接续。就小说的规模,主人公经历(经验)的复杂、完整性而言,“季节系列”可以看作“年轻人”传记系列的一个集大成。

不仅由于篇幅的巨大,使其主人公以纪年的方式经历着历史(当代史)的考验,而且由于 20 世纪 90 年代写作语境的变化,王蒙对历史的思考获得了新的思想契机。无论是在主题形态上还是在文体形态上,“季节系列”比此前的“青春体小说”和“考验小说”都要复杂得多。别林斯基说过:“长篇和中篇小说是最广泛的、包罗万象的一类诗(文学)”,“在这里,虚构与现实、艺术构思与单纯但须真实的自然摹写,可以更好地、更贴切地融会在一起”,“长篇和中篇小说给作家的才能、性格、趣味、倾向等主导性能以充分发挥的余地”①。毫无疑

① 别林斯基:《一九四七年俄国文学一瞥》,《别林斯基论文学》,新文艺出版社,1958,第 200 页。

问,“季节系列”正是这样一类“包罗万象的诗”:现实与虚构、艺术想象与对自然的摹写,不仅如此,有时有滔滔如江水下泄般的议论,有时也有精致的、蕴涵丰富的故事、寓言、象征。几乎一切手段:叙事、抒情、议论都得到了运用;众多的微型文体:抒情诗(古典诗词、现代诗、中外歌曲)、日记、故事、寓言、语录、格言、警句,等等都杂糅其间。“季节系列”成为名副其实的“杂文体”,它几乎涵盖了王蒙艺术创作的所有形式,的确“给作家的才能、性格、趣味、倾向等主导性能以充分发挥的余地”。谈及“季节系列”,王蒙说:“它也是我的怀念,它是我的辩护,它是我的豪情,它是我的反思乃至忏悔。它是我的眼泪,它是我的调笑,它是我的游戏也是我心头流淌的血。它更是我和我们的经验”①。他的这种感慨也证明,“季节系列”倾注了王蒙的全部感情,同时它又是王蒙所有才能淋漓尽致地发挥。但是,“杂文体”并不是杂乱无章的文体。有评论者用“说话的精神”概括“季节系列”的整体特征,那么,“说话”则是它的文体特色②。这是一个出色的概括,但是需要细化分析才能见出它的特色。我仍然用“对话”来强调这种“说话”的基本特征。当然,“季节系列”中的“对话”不再是个人心灵内部

---

① 王蒙:《长图裁制血抽丝》,《文艺新观察》2001年第1期。

② 郜元宝:《“说话的精神”及其他略说“季节系列”》,《当代作家评论》2003年第5期。

的对话，不是自我与另一个自我的对话。因此，“季节系列”不是“意识流小说”，它是不同的语言主体、不同的语言意识之间的对话。“季节系列”是真正的杂语的处所——不同的语言主体相互对话的处所。

从宏观上来说，“季节系列”是由隐含作者“我”体现的作者话语和钱文体现的人物话语（或称故事话语）构成的“对话”。南帆先生将“季节系列”所体现出的王蒙的思想说成是“个人体验与历史判断的共同产物”①，我以为，“个人体验”是以钱文这一人物形象及其“成长”的方式完成的，钱文的故事在“季节系列”中构成了一部相对独立、完整的“成长小说”；而“历史判断”则是由作者话语完成的。

从微观上来说，作者话语和人物话语又分别由一系列的“对话”组成。不少批评者都意识到，“季节系列”由隐含作者的全知叙事开始，越到后来越收缩为钱文的叙事视角，就是说钱文的故事越来越具有独立的意味。在钱文的故事中，钱文是作为一个“不理解的”（幼稚型）的人物而参与到他所不熟悉的生活中的②，它是在与曲凤鸣的政治分析语言、杜冲的污秽的身体语言、妻子叶东菊的纯洁的人性语言以及无数下层劳

---

① 南帆：《革命、浪漫与凡俗》，《文学评论》2002 年第 2 期。

② 参见巴赫金：《对“骗子”及“呆傻”形象的论述》，《巴赫金全集（第三卷）》，河北教育出版社，1998，第 191—195 页。

动者的日常生活话语（王蒙所说的“饿出来的问题”），还有陆月兰的虚妄的革命冲动（“撑出来的问题”[1]）等不同语言意识的“对话”中而逐渐成熟、成长起来的。钱文的成长具有十足的“个人体验”的性质。但作者话语始终没有被汰离出文本，它同样是在自我的丰富过程中保持着与钱文故事的若即若离关系的。作为“历史判断”的依据，作者话语吸纳了足够的“历史”因素：编年史的讲述线索、历史事件的再现、作者个人传记的蛛丝马迹和“非历史”的因素：钱文视野之外的人物、故事、逸闻趣事等，这同样是充满了对话空间的话语场，综合、涵纳了不同的语言意识。

但必须指出，作者话语与钱文的故事话语之间有缝隙、有差异、有对话，但并不表现为对立，而是你中有我、我中有你的关系。一个有力也非常有趣的证据是，在“季节系列”最后一部《狂欢的季节》中，钱文“成长”的完成阶段，也是作者话语和钱文故事合二为一的时刻：钱文关于“革命”和日常生活关系的思想不再是钱文个人的，也隐含了作者的，因为作者的叙事话语不再将钱文称为“钱文”，也不称为第三人称的“他”，而是转变为第二人称的“你”，这种称述关系的变化表明的就是语言意识的合二为一。

---

① “撑出来的问题”“饿出来的问题”是王蒙自己的说法。见他与郜元宝的对话：《谈谈我们时代的文学》，《当代作家评论》2003 年第 5 期。

“季节系列”在文体形态上“杂语”的对话性质体现的正是主题形态上的“众声喧哗”:个人/集体、食色/理想、入世/逍遥、爱情的神圣/婚姻的凡俗、青春的激情/中老年的暮气、革命的诱惑/平凡日子的珍贵,等等不一而足,但是,透过所有这些“众声喧哗”的主题,我们能够感受和发现那个既矛盾对立,又相反相成的复调主题:崇尚青春、理想、激情,又对日常世界中的矛盾、凡庸保持着清醒的认知,甚至是认同。南帆先生将这种复调主题称为“王蒙的两方面不无矛盾的观念”[①]。上文已经表明,这种“矛盾的观念”“复调性主题”在一开始的“青春体小说”中就存在,但在“季节系列”中,两大主题的结构关系出现了有趣的倒置:现实性命题、日常生活合理性的命题上升为“主调”,而青春、理想、革命的命题则变成了“副调”。王蒙小说创作主题结构的这种变化包含着怎样的历史与文化的沧桑?这一现象是文化的幸事还是不幸?最终的答案是很难得到的,就像在“季节系列”中两个矛盾性的命题的对话仍在进行,结论和答案是敞开的:“季节系列”最后说,“钱文身上的火种远远没有熄灭”。

原文发表于《福建师范大学学报(哲学社科版)》2006 年第 2 期

① 南帆:《革命、浪漫与凡俗》,《文学评论》2002 年第 2 期。

计文君论

在这个以“读图”和“观影”为时尚的年代里，以小说创作为主业的计文君还不为许多读者所熟知。除了不去赶时尚、凑热闹，她对自己的文学创作似乎也相当地谨慎乃至吝啬。2000年开始发表作品，2009年出版第一部小说集《天河》，其中收录两部中篇和五部短篇。其后相继有《此岸芦苇》《开片》《剔红》等中篇和短篇《你我》《帅旦》问世。尽管不是十年磨一剑，十几年时间里完成十几部中短篇作品，计文君的创作速度的确算不上快。慢工出细活儿并非对所有人都是定则，但计文君的下笔谨慎的确与她对文学的神圣态度有关，也与她对文学所确立的极高的标准及对文学的认知水平和审美趣味有关。一个对《红楼梦》有很深理解，将其奉为圭臬，以《红楼梦》所体现的“小说精神”对张爱玲这样的经典作家也能有理有据地挑三拣四的写作者对自己也不能不是苛刻的。① 2011年，由人民文学杂志社与盛大文学举办的“未来大家 top20”评选中，计文君顺利入围当选。以并不丰盛的作品数量却能当选“未来大家”，从侧面说明了读者对其小说品质与潜质的肯定。

在《天河》小说集面世时，向来以慧眼识珠著称的评论家李敬泽先生说：“出版第一本书的时候，我认为，计文君已经是一个准备好了的作家”；他还说，“很多作家没有准备好，有的作家看样子此生准备不好了；但计文君准备好了”。作为对一个年轻作家的预见性评估，这应当是一个不低的评语。李敬泽先生所说的“准备”指的是艺术家的“才能”与“技艺”：“艺术地理解世界的眼光和感受世界的皮肤”，“足够地表达欲望和耐心”，“准确敏捷地调用语言”，以及“在纷乱零散中将事物组织起来赋予精密形式的能力”。② 在我看来，所有这些“才能”当中，最为重要的是“在纷乱零散中将事物组织起来并赋予精密形式的能力”，因为它是作家如何理解、进入、穿透世界，如何组织经验与形象及如何建构与现实世界对应关系的文学本体的综合能力，一言以蔽之，它是通过文本体现一个作家美学能力的最佳方式。

---

① 可参见计文君：《一树春风有两般——〈传奇〉与〈红楼梦〉继承关系再分析》，载《红楼梦学刊》，2009年第2期。

② 李敬泽：《计文君：也许和也许》，《天河·序》，作家出版社，2009。

让人欣喜的是，计文君具有这种能力。她展示给我们的是一条精密化又不失开放性的创作路线，力图建构起一个走向人心的策略性的桥梁，但并不一味地“向内转”，并不将故事闭锁在纯粹“私密化”“个人性”的领域，而是以绵密的针线将人与其活动的背景有机缝合在一起，建构起一套能够有效地切入当下生活，不失整体感又能凸显个体心灵的“深度模式”，突显出她“在纷乱零散中将事物组织起来赋予精密形式的能力”。

一　视角：以隐蔽的方式进入世界

所谓叙述视角即由谁来完成叙事，实际上包含了“谁说”与“谁看”两个功能有所区别又不可完全分开的层面。“谁说”关涉到的是作者在文本中或隐或显的处身方式问题，即他(她)与叙述内容的远/近距离问题。“谁看”关涉到的则是叙事人以什么样的“视点”看到故事，也即叙事人对故事信息的“知晓方式”和“知晓程度”。从美学的角度来说，作者藏匿得越隐蔽，知晓的方式越复杂，对读者的“劝说”作用愈加潜移默化、润物无声，读者的主体性就得到更充分的尊重。我不确切知道计文君在现代小说理论方面受到过怎样的训练，但从她创作伊始似乎就对视角的美学意义有着非凡的自觉。她早期的几部短篇小说基本都采用第三人称限制叙事，但在聚焦人物的选择、知晓方式与知晓程度的控制方面各不相同，且各具神采。

《飞在空中的红鲫鱼》是一个常见的婚外恋故事。这样的故事在小说和影视剧中由于频繁地“被说”引起的不是审美愉悦而是审美疲劳与麻木。这篇小说即使现在阅读仍然能引起相当的震撼，其原因就在于视角的选择让我们进入了一种身临其境和感同身受的审美境遇。所谓“清官难断家务事”，清官是因为外在于“家务事”才产生知情难与裁判难，而对于爱情婚姻这样的“家务事”也只有置身其中，方知其中三昧。《飞在空中的红鲫鱼》让读者“置身其中”的主要修辞策略就是选择故事的男女主人公作为叙事的聚焦点，由他和她感知、讲述自己和对方在婚姻纠缠中的欢欣、苦乐。在讲到内聚焦叙事时，格非提出了“视线聚焦”和“心理聚焦”的概念，对“心理聚焦”所具有的特殊功能与美学意义给予充分肯定。① 这篇小说不仅交替使用男/女视点，而且交替使用“视线聚焦”和“心理聚焦”，不但交互地呈现自己与对方欣悦、痛苦、尴尬等各种各样的情态，而且引导读者进入了人物复杂的内心。更为别出心裁的是作者使用第二人称“你”而不是第三人称“她”来指

① 格非：《文学的邀约》，清华大学出版社，2010，第 237 页。

代女主人公。在小说叙事中，第二人称“你”通常是作为读者的代称，即叙事人与设想中的读者进行对话的一种口吻与方式。《飞在空中的红鲫鱼》对第二人称的使用显然是为了拉近读者与人物之间的距离，造成一种读者进入文本、进入情境的亲密假象。“子非鱼，安知鱼之乐？”那么，你若是鱼呢？是否就可以深切体会作为鱼的喜怒哀乐呢？作者的修辞努力就是通过调节聚焦方式与读者的知情方式让读者像鱼一样体会在水（婚姻）中的苦乐悲欢。

《男士止步》是通过视角创新对人有独特发现的精彩短篇。柳青是一个结婚多年的银行临柜员，工号卡代表着她的身份，而自己真实的情感和欲望却被程式化的生活遮蔽起来。别人顺手塞给她的一张即将过期的美容卡让她走进了一家身体美容机构——闪雪女子生活馆。在美丽而神秘的女人闪雪双手的调理下，柳青的身体从肌肤到五脏六腑都经历了一次洗礼。而身体的清洁、柔韧、美丽、芳香则渐次唤醒了她沉睡的欲望、麻木的精神状态和濒死的灵魂，让她新生为一个有冲动、有愿景并准备付诸行动的女性主体。从类型学的角度来说，这是一篇成长小说，是写女性自我意识觉醒的小说。但小说所走的却不是内省式的第一人称叙事，而是选择“身体写作”的路径，通过女性躯体被触摸、洗涤、净化渐趋唤醒已经钝化了的心灵。小说之所以能够出色地完成由身体到灵魂的书写，很大程度上仰赖对视角的选择。小说开始时柳青是一个被作者讲述的第三人称主人公，处在客体状态，而且作者有意突出了她的身体感觉、认知水平均处在酣睡与弱智的水准上。但随着故事的渐次推进，小说的叙述越来越贴近人物，随着柳青身体感觉的复苏、感知能力的提高，对自我欲望的肯定更加确凿，她由一个无语的被讲述者逐渐变成了发现者和讲述者，换句话说，随着沉睡于身体内部、遮蔽在幽暗盲区的自我意识和精神觉悟被照亮、被开掘，那个原本木讷的、失语的柳青变得身体和心灵都在发声。由被叙述的第三人称人物到能够主动发声的叙述者，这一过程正是她由一个客体变成主体的生成仪式。这篇小说的叙述过程本身似乎就是一个不证自明的语言哲学命题：主体是语言生成的，不是人说语言，而是语言说人。它也直观而简洁地让我们重新认识一个文艺学命题：形式本身就是内容。

《水流向下》写发生在家庭内部、亲人之间的伦理悲剧。改是一个没有知识的乡下妇女，在丈夫因病去世后到城里与儿子一家住在一起。初来乍到时，儿子、媳妇和孙女的和谐关系及对自己的尊敬、孝顺，让改感到很幸福。媳妇下岗后，家里的生活捉襟见肘，为了帮助儿子减轻生活压力，改到一位退休教授家里做保姆。由于教授的精神病症使他变成了一个完全依赖他人的孩童，改实际上成了教授全部的依靠，她又变成了一位操劳的母亲，而且是为他人操劳、为儿子挣钱养家的母亲。儿子目睹了母亲的辛劳，坚持让母亲辞掉保姆工作，并将其接回了家。改是欣慰的，因为她体会到了儿子的爱心。重新回到儿子家里的改再也体会不到初来乍到时的其乐融融，不是因为儿子的不孝，也不是因为媳妇的乖张，而是生活的流水让这个家处于紧张、躁动、气喘吁吁的状态，物质欲望挤压了温情的空间，人心变得坚硬、粗粝。媳妇有心无心地"授意"，儿子委曲求全、半推半就地接受，改重新回到教授家里当起了保姆，而且与教授的女儿签署了一份为期十年、价值不菲的合同。在经济压力的裹挟下，在亲人的合谋中（每个人似乎都是无意的、被迫的），一位母亲被出卖了！看得出，这不是一出刀光剑影、你死我活、矛盾冲突激烈的英雄悲剧，而是鲁迅所说的那种"似乎是无事的悲剧"。唯其如此，这篇小说才有一种震撼人心，但又欲哭无泪的悲剧效果，它让人想到鲁迅的《故乡》和《祥林嫂》，想到柔石的《为奴隶的母亲》，我真的以为，它有朝一日会成为一篇经典作品。

亨利·詹姆斯在叙事方面的理想是让小说拥有戏剧艺术的直接性与客观性，同时又要最大限度地减少全知叙述者的叙述声音。他解决这一问题的方法就是通过人物意识和人物的观察来展示故事的进程，而且告诫，为了实现"直接"、"客观”的叙事理想，中心意识人物不能“太聪明，能够洞见命运的作弄”。[①]《水流向下》选择改这一没有知识的乡下妇女作为聚焦人物就是极具匠心的。作为一个外来者、一个对城市缺乏知识、对人心也不具有深刻洞察力的人物，改对儿子一家和教授父女具体地了解是通过“看”和一知半解地猜度来完成的。由于知晓程度有限，改由感觉幸福到被出卖的悲剧命运既显示出人为的色彩（儿子、媳妇、教授女儿等人的参与），但由于儿子、媳妇、教授女儿的心理与动机均遮蔽在聚焦之外的盲区，改的悲剧又具有一些非个人的、非道德的因素，至少某个个人道德上的“恶”不是产生改命运悲剧的主要原因。改天生的质朴、善良、一心为他人着想的品性使她的“猜度”也是与人为善的，这个“不太聪明”的视点人物出于本真的善良，对儿子、媳妇、孙女的体贴、关照和自我牺牲某种程度上是对儿子、媳妇的辩护和道德罪责的开脱，那么谁来为母亲的被出卖负责？小说将思考的空间导向了城市生活、世风与社会道德状况等更宏大、更浑厚的命题。就是说，作者通过对视点人物别具匠心的选择与精确控制，实现了小说在“深度模式”上的蜕变——既避免把它处理成一篇有关老年问题的问题小说，也避免通俗与流行作品常见的那样将人物道德化，仅以浅薄的

① 参见申丹等著《英美小说叙事理论研究》，北京大学出版社，2005，第119页。

伦理激情换取眼泪与同情的审美取向。作者执拗地坚持“往心里拐”，通过个人的心灵震颤，写出“人心不古，世风日下”的社会心理悲剧。

小说叙事是一个古老的文学话题，但对视角的自觉却是一个现代事件。亨利·詹姆斯因为在创作和理论上对视角问题有着非凡的意识和特殊的贡献，其在文学史上的重要性甚至被认为大过了列夫·托尔斯泰。这种比对肯定会引起争议，因为二者之间存在着许多不可比对的文学史因素。但将詹姆斯与托尔斯泰相比较又是有理论意义的，它告诉我们视角不是一个可有可无的小问题，不是一个纯粹的技术问题，它更大的美学价值在于文学如何进入世界及介入世界的深度问题。詹姆斯所追求的文学穿透世界的直接性与简洁性就来自视角变幻的灵巧性与多样性。计文君被认为“已经准备好了”，我以为其中一个重要的因素是她对小说作为一个现代的叙事体裁有深刻体会，尤其是她对视角在小说叙事中的美学价值有独到的体悟，这使她绕过了许多障碍能够得心应手地用小说这种体式简便而迅捷地走入世界的本心。

二　“成长”叙事：在典型化与精神分析之间

典型化被认为是现实主义创作的不二法门，但对典型化理解的偏狭导致了美学上的关门主义。比如，典型化作为一种叙事原则特别强调人物的性格化，强调人物性格构成中的社会历史因素，强调人的理性主义性质。现代人本主义显然拓宽了对人自身的认识路径，丰富了对人的内涵的认识。比如精神分析学就对人的非理性认知有很大的拓展。但精神分析学作为一种美学原则被认为是现代主义的发现，与现实主义和典型化是格格不入的。时至今日，对人的认知已经很难再以理性/非理性作二元论的解释，那么在美学原则上如何实现现实主义与现代主义的融合，如何将典型化与精神分析学实现嫁接，从而实现文学表现人的最大化呢？计文君近几年的中篇小说创作带给我们很多启示。

计文君的中篇小说大都选择与作者对位关系明显的女性角色作为聚焦人物和主人公。作为叙述视角和观察世界的切入点，这一女性角色是敏锐的、易感的，她的“知晓方式”能轻而易举地将读者引领到人的心灵世界。而作为主人公，作者将其视作一个“成长”型的女性主体，其主体化过程是在与其他主体的对话、询唤、交往中完成的，是一个“间性主体”；这一女性主体与“他者”的关系既在精神分析学层面上被关注，其成长过程是一个精神救赎和心灵成长的故事，同时，这种成长又是被充分语境化的，凝聚着深厚的社会历史内容。[1] 这种以“间性主体”为认知前提，以女性主体的“成长”作为驱动力和主轴的叙述模式使她的优秀中篇小说获得了双重深度：精神分析的深度与社会历史的深度。如果不吝惜赞美的话，这实际上实现了一种美学原则的跨越，是在典型化与精神分析学之间架通了一座桥梁。

《想给你的那座花园》是作者的第一部中篇小说，她选择将一个潦倒的、易感的精神病医生作为聚焦人物和第一人称叙述人，通过他的旁观、推理来探究一个出生于乡村的漂亮女性易红如何在城市打拼、发达，最终被莫名其妙谋杀的悲剧。小说将侦探小说的玄秘气氛与人物聚焦造成的知晓程度的限制结合在一起，易红的发迹与悲剧性死亡变得扑朔迷离。这篇小说在叙事上倚重第一人称“我”作为视点人物的观察和作为一个认知与分析主体对易红悲剧的或然性的推测来完成城市现代性的批判这一主题，内聚焦叙事的弹性限制及判断的可然性对主题的达成是有益的、自洽的。但是，由于第一人称

---

① “成长”是来自“成长小说”的一个分析范畴，而“成长小说”是19世纪西方尤其是德国小说创作中的一种类型，它以个人的传记经验作为故事框架，其内在逻辑则是主人公的“内在性”成长。这种小说强调个人与环境的冲突，人物具有反叛性，它最终体现为主人公的人格成熟，至少应对“自我”有所发现。“主体间性”来自胡塞尔，意指主体不是独立存在的，每一个主体都以另一个主体的存在为前提和条件，都是“间性主体”。

内聚焦可知范围有限而且很难做视角的调整，因此无论是对人内心的触探还是对社会生活的描摹都显得局促和逼仄了些，其格局与规制更接近郁达夫《春风沉醉的晚上》等短篇小说，因此，我更愿意将它看作计文君创作中的一个过渡性作品，既是文体学上短篇小说向中篇小说的过渡，也是主体学意义由客体化地观察世界（她的每一篇短篇小说都是一个特殊的“小人物”的人生风景，与作者的对位关系十分疏淡）向意向化地理解世界的过渡。

《天河》的出现对计文君的创作来说意义重大。《天河》以某地方剧团排演《天河配》为基本事件，围绕织女 A 角扮演者的争夺在秋小兰、她的姑妈秋依兰、导演萧舸及赞助单位支持的选手韩月展开矛盾冲突，社会转型带来人际关系的重组与以主人公秋小兰的精神“成长”作为叙述的内驱力与核心线索。

秋小兰是这篇小说的主人公，同时小说也以她作为叙述的聚焦人物。作为一个敏感的女性角色，她的“看”、“听”（包括对姑妈的窥视）、“思虑”等知觉行为像一张铺展开的网一样将故事的开展收拢于她的“聚焦”范围之内，而且通过她“知觉”的过滤，几乎所有事件、人物都被濡染上情感的色彩。因此，故事不仅因为秋小兰的聚焦而被赋予秩序，而且因为无处不在的情感投射，无机的客体世界变成了意向化的世界，变成了具有文学色彩的世界。更重要的是,秋小兰不仅是作为一个知觉主体去组织起一个文学化的世界,而且是作为一个知觉主体被组织进一个复杂的、变幻莫测的人际世界中,通过与“他者”的交往与对话促成了自我的成长,从而成为一个“间性主体”。

作为一个“成长型”的主人公,秋小兰的性格起点被设计为软弱的、彷徨的、不自信的,但具有可塑造性的、可选择的“准主体”。她与姑妈秋依兰、恋人萧舸内在的询唤与对话促成了她的主体性成长。秋依兰是秋小兰的姑妈,是她成长与事业上的监护者与坚定的支持者。作为当地艺术界叱咤风云的人物,她的庇护与支持是秋小兰担任A角并超越自我的主要动力与条件。但是秋小兰并不心甘情愿地依仗姑妈的提携去战胜对方,而是想通过自己的努力来取得成功。因此姑妈的强势地位既是将她推向前台的助力,同时又是一片巨大的阴影,阻碍她前行。更何况,她打童年起就“窥视”到的秘密更是让她顾虑重重。在别人心目中风光无限的秋依兰在家里却是个经常被位高权重的丈夫暴力虐待的女人,身体上的伤痕与血腥气息成为秋小兰童年记忆中挥之不去的梦魇,构成了她成长过程中沉重的内心焦虑。秋小兰的“窥视”和想象,使秋依兰作为前辈、作为一个镜像的意义具有了双重色彩:一方面是作为秋小兰的模仿对象召唤着秋小兰的成长;另一方面,镜像反面可怕的景象显然又是她成长道路上一重难以逾越的障碍。秋小兰的徘徊与延宕显然是与姑妈“对话”的一个结果。

萧舸与秋小兰的关系是小说中最重要的关系之一，有关爱情的思考和秋小兰的成长都倚重与他的对视和交流，在推动秋小兰战胜懦弱、不自信等负面情绪的所有力量中，萧舸是最重要的一种。因为秋小兰爱着萧舸，她希望通过争取到织女 A 角的扮演权并胜任这一角色而获得萧舸的青睐，而不是被萧舸看作秋依兰的附庸而被轻视。这种“有尊严的自我”的孕育、成长是与萧舸作为一个“他者”的询唤与对话过程中逐渐被建构起来的。尽管萧舸在此篇小说的意义结构中举足轻重，但在叙述的角度却被有意“轻视”了。小说将他置于聚焦的盲区，秋小兰作为一个聚焦人物对他的知晓程度被降到最低，他一直是在秋小兰的猜度与想象中进行“对话”的一个拟主体，一个暧昧不明的虚拟在场者。在叙述过程中对他的有意遮蔽和虚拟化处理可能和作者的一种疑虑有关，即在女性主体的建构过程中，男性作为“另一半”、作为“间性主体”是缺席的，至少是不完满、不自足的，与女性的期待之间存在鸿沟。笔者甚至认为对男性缺席的焦虑构成了计文君近期创作的“核心焦虑”之一，既为她的创作带来了深度与风格，但也制造了障碍与局限。

竞争者韩月、师姐谷月芬、丈夫、戏剧团团长周祥甫是通常意义上的“次要人物”，但他们在小说的意义建构中却不能等闲视之。一方面，他们中的每个人都构成了秋小兰成长过程中的潜在的“对话者”，是秋小兰精神成长的助体、介体或反向推动者。① 另一方面，这些人物所来自、所代表、所表征的那些社会力量和历史因素使这部以女性主体成长为主轴的作品获得了丰厚的社会历史土壤，使女性的“成长”主题不纯粹是一个精神分析学的命题，而且是发生在真切的社会历史语境中的命题。韩月这位咄咄逼人的竞争者是由赞助企业推荐的织女人选，她代表着资本这只无形而又强有力的手对文化的强行介入。这种力量之强大，让秋依兰在几十年间形成的偶像地位和人脉关系在一夜之间轰然崩崩。资本与文化的这种复杂难言的胶着关系是发生在改革开放以来中国社会文化领域中真实情景的一个微缩景观。韩月带给秋小兰的压力之大在精神领域表现为惶恐与焦虑(韩月谐音寒月，与“天河”一起构成了一个有机的意象群落)，来自韩月所代表的资本这一物质力量带给秋小兰一种切身的袭人寒意。

《天河》之后，计文君又相继发表了三个中篇：《此岸芦苇》《开片》与《剔红》。《此岸芦苇》是近期影响较大的一个中篇，

① 参见勒内·基拉尔《浪漫的谎言与小说的真实》中第一章和第二章中的相关论述。生活·读书·新知三联书店，1998。

它以一所大学文学院院长的竞聘为核心事件，权力运作既是展开故事的驱动力，其展开方式也构成了小说的主体情节构架，而穿插其中的“玉照门”和“媛媛门”等风化故事是凸显官场险恶的“情场”，是丰富官场生态的情节因素。从类型学上看，它是“官场小说”，类似《围城》的知识分子叙事与爱情罗曼司的混合版。由于内聚焦人物过分分散（盛易龄、曹士弘、尹眉），无法形成共同聚焦的心理场域，尤其是与外向性的官场、与权力运作没有形成有机的支撑关系。因此，读后的感觉是作者的视野和气魄在变大，在往外、往大处努力，作品的当下性与现实性明显加强，但小说的气场有些散，其蕴藉程度不如《天河》，更不如其后推出的《剔红》。我以为这篇小说的潜在动机是尝试理解男性并从男性的视角理解世界，盛易龄这个角色实际上就是《天河》中被遮蔽于叙述聚焦之外的萧舸的展开式，但成年、成熟男性的世界对于作者显然有些隔膜，这种身份的男性的“成长”也缺乏足够的心理空间，因此，盛易龄作为一个主人公的面目是模糊的，作为一个男性主体显然缺乏像秋小兰被作为“间性主体”从多个主体对话关系中被塑造起来的丰满感。《开片》则与《此岸芦苇》在生活横断面上和生活空间上的“大”不同，它表现为纵向上的“深”与“长”，一个与作者对位关系密切的女主人公既是叙事的内聚焦人物，同时她的成长史——与外祖母、母亲，以及与父亲、男友、情人之间的关系史，构成了女主人公艰难地自我寻找与自我认同的主体化过程。家族史因素的出现使女性成长具有了更多、更强的历史感，这可以看作计文君在思考人的生存问题时延展出的新的、纵深的维度。

《剔红》以一位年轻的女性小说家作为内聚焦人物，以她的“成长”作为叙事的主轴。在人物关系的设计上，有一个和《天河》类似的“三角关系”，即以女性主人公为主体，围绕她的“成长”设计了两个对话者，一个是同性小娴，另一个是异性江天。小娴是喧嚣的现实生活中的另类存在者，尽管经历了爱情和婚姻的不幸，尽管没有事业上的飞黄腾达、物质生活上的富足优渥，但通过和“自己的内心达成了和解”，却能活得清平自在、淡泊宁静。滚滚红尘中人人都浮躁、狂暴、上蹿下跳的时候，唯独她能做到娴雅自适。像她的名字一样，她活出了一种“人闲桂花落”的意境，活出了妙玉(《红楼梦》)那样的“槛外人”的格调。江天是一个在市场经济世界中呼风唤雨的“当代英雄”，他的世俗化的成功、文化商人的身份，赢得了众多女性的青睐。由于处于叙述聚焦之外(内聚焦人物秋染对他的知晓程度非常有限)，江天的内心世界被呈现出来的很少，因此，他作为一个形象主体是不丰满的。但是，他作为一个“当代英雄”，一个与社会关联甚深的人物，他的功能是被语境化了的，或者说他本身就是世俗生活、万丈红尘的一个表征化的符号。

如果说小娴代表了“空”，江天代表的就是“色”。

熟悉女性主义批评的人很可能会将小娴与秋染的关系看作“姊妹情谊”的关系模式，是一个与男权主义相对抗的女性联盟。但我更愿意将二者的关系看作钗/黛一体美学关系式的摹版。秋染之“染”是“文变染乎世情”的“染”，是“入世”，是“热”与“执”的化身，她的情绪是随事随人千变万化的。而小娴这样一个古典的可人儿对一切都是冷静的、淡然的，她是“出世”的。她是秋染的一个镜像，在对照中进行自我纠偏的一个参照系。或者说，她就是一个完满的女性人格的“另一半”，是秋染主体性成长过程中另一个想象性的自我，是一个“间性主体”。秋染与江天在故事层面上是恋爱关系，而在语义层面上则是一个女性主体如何面对当下世界中物欲和情欲诱惑的人生命题。秋染的成长就是在与小娴和江天的对视与对话中促成的：从小娴这里，秋染学到了退让、不争，学到了平心静气；从江天那里，她则学到了执着、抗争、永不言败。那么，所谓秋染的“成长”是否意味着选择其中的一方“择善而从”呢？不是，或者在作者看来，小娴与江天任何一方都不代表着“善”，或者对人生而言，根本就不存在真正的“善”，所谓成长就是去经历、认识，去体验，去看懂人生的沟沟壑壑，甚至不惜被碰撞得头破血流、遍体鳞伤。“剔红”——不停地镂刻、不停地被髹染的漆盒工艺本身隐喻着的正是人生铭心刻骨的心路历程。

《天河》与《剔红》的写作，让我们看到一个颇有意味的“形式”——与作者对位关系明显的女性为主体和中心与作为镜像的同性和作为爱情对象的男性构成的两女一男的“三角结构”。计文君的写作实践表明这是一个在美学上有相当分量的“深度模式”。从形态学上来讲，异性恋与“同姓联盟”赋予小说一种新颖的故事形态，而潜隐的女性视角与细密的心理触角造成了张弛有致、疏密相间的叙述形态，小说的可读性与耐读性得到保障。从价值功能的角度而言，首先它是一个组织架构，将人物和事件组织成一个有序的微观世界。更重要的是，这一“三角结构”还是一个有机的阐释体系，一方面它是一个有关女性成长的精神分析学结构，女性的创伤、焦虑、挣扎与成长是在与男性“他者”和同性助体的交流与对话中被体现，女性主体性建构是这种内在性对话的结果；另一方面，这一“三角结构”又是一个社会历史分析的结构框架，女性成长的精神事件反映的是社会历史的深刻律动。如果说这一美学成果稍有不足的话，男性角色的相对弱化多少损伤了这一“三角结构”的美学分量。但很显然这主要不是一个美学问题，而是一个性别导致的视域局限问题。

三　互文与象征:古典化的修辞努力

计文君小说由于在叙述视角上的沉潜与内敛,加之她具有“在纷乱零散中赋予事物以精密形式的能力”,她笔下的小说世界与当下世界已经构成了相当密切的对应或同构关系,作为一种叙事话语对现实世界形成了相当强的穿透力与阐释力。但作者显然还不满足于此,她还想提高自己的修辞能力——用一种作者话语来“加深”对世界的理解,引领读者“深化”对世界的领悟。具体地说互文与象征是作者经常使用并与她的叙事浑然天成,一同构成意义共同体的最主要的美学方式。

计文君写于2004年的一篇短篇小说《阳羡鹅笼》将取自《太平广记・叙齐谐记》中的一篇寓言作为“楔子”置于篇首,后文则叙述了三对男女当下的爱情婚姻关系。从时间与情节关系上看,《太平广记》中的这则寓言与后面的任何一个故事都不存在关联,但是,作者通过楔子/正文的修辞安排,《太平广记》中的这则寓言顺理成章地成为后面故事的“前文本”,它的寓意就成为阐释和理解当代婚姻爱情的一条线索。“阳羡鹅笼”这则寓言中的“笼”是爱情自由与牢笼的双重象征,而这种象征意义也正是作者在后面的写实故事中想要赋予当代婚姻的一种内涵。

在一个文本中引述另一个文本从而构成互文是“互文”策略最常见、最浅显的一种，但不是唯一的一种，事实上，“互文”策略可以涉及故事、人物、结构、意象、细节等几乎所有小说的构成因素。无论“互文”在哪种层面上发生，它的功能都是通过不同文本的相互指涉以扩大文本的意义空间。计文君显然深谙“互文”的修辞意义并在写作中大量使用了这种修辞手段。《你我》是对当下都市爱情婚姻的审视与思考，作者有意选择路遥的《人生》和二十世纪九十年代的“情感实录小说”作为“互文”，八九十年代爱情的真挚和坦诚与当下都市爱情的混乱和暧昧构成了鲜明的比对关系，其意义空间得到延展，作者的批判意识也通过“互文”修辞得以体现。琼瑶的言情小说曾风靡大陆多年，成为影响一代人成长的文化事件。《男士止步》中写到柳青梦境时作者有意戏仿“琼瑶体”的风格，在《剔红》中，小娴在调侃秋染小说时说：“人物单薄故事陈旧——琼瑶的底子，张爱玲的调子。”这里，琼瑶作为“互文”显然具有重要的文化意义，表明作者不仅在文学叙事而且在文化上对“琼瑶体”进行严肃的审视与清算。《帅旦》写一个生活于社会底层的中年妇女与命运抗争的故事。被称作“刺货”的赵菊书的半生命运故事在小说中是通过她喜欢听的戏剧《穆桂英挂帅》片段式地被展开的。《穆桂英挂帅》既是一条情节开展的结构线，在意义结构中，它又是一个“前文本”，是一个重要的意符，一个“互文”，通过穆桂英这一真正的帅旦、女英雄，反衬出了赵菊书为其住房权利做出一系列抗争的既悲壮又悲凉的命运悲剧，她是另外一层意义上的“帅旦”。中篇小说《天河》以重新排演《天河配》为故事线索，尽管小说中并没有引述《天河配》的故事与场景，但人们耳熟能详的《天河配》故事成为理解《天河》所叙述的现实事件及女性成长的无处不在的一个“前文本”与“潜文本”。《剔红》中，秋染与江天的爱情关系被作者与张爱玲《倾城之恋》中男女主人公的爱情关系相比附，《倾城之恋》成为《剔红》的互文，这无疑使《剔红》对当代生活的书写增加了一种历史的沧桑感与人生的悲凉感①。

象征是计文君小说创作中使用的另一种重要的修辞方式，对其使用的普遍性，以及在文本中的重要程度使她的小说具有了明显的诗性品质。“象征”通常被区分为整体性象征和局部性象征两种。在计文君的小说中，像“天河”“开片”“剔红”等意象都出现在成长型主人公“醒悟”的最关键时期，它们作为自然与物理现象与主人公的人生际遇人生感悟具有高度的同质同构的性质，因此成为主人公生命方式和命运模式的

① 在当代女性作家中受张爱玲影响的人不在少数，但我认为在精神气质上最接近张爱玲的恐怕计文君是其中之一，对世界（包括男性）不可靠、不可名状的恐惧、惶悚流布于大部分作品中，沧桑感与悲凉感是其主要的美感特征。

深刻隐喻，这些象征不仅具有高度的美感，而且因为其携带的充盈而饱满的文化与人生内涵而具有深刻的认知意义。而它们作为小说的题目本身也说明了它们在文本意义结构中的统摄地位，它们是整体性的象征符码。计文君在小说中使用局部象征的例证几乎俯拾即是。如她在《天河》中通过对秋小兰三次服装的变化来隐喻她成长心态的不同层次。白色T恤牛仔裤象征混沌未开，猩红的缠枝玫瑰的裙子象征着欲望的纠结，茶叶末色的裙子则象征着历练后的沉静。这是一种典型的通过白描而达成象征的表意化途径。通过为人物命名来达到象征的目的是中国古典小说尤其是《红楼梦》的一大特色。计文君受此影响颇深，她的小说人物命名多有深意。比如她多次以"红"为女性人物命名(《想给你的那座花园》中的易红、《阳羡鹅笼》中的红等，《剔红》中的秋染、《开片》中的殷彤其实也是"红")，而这些人物命运都是悲剧性的。这与"红"的象征有关，即"红"暗示了繁花落尽的悲哀，与盛极而衰，与"花辞树"、与"落红"有想象性的关联。

如果我们进一步观察还会发现，计文君在使用"互文"和象征手段来提升她小说的表意功能时，她所选择的"前文本"和象征性的喻体多是来自中国古代文学与文化系统，其中《红楼梦》、中国古典戏曲，以及婉约词是她小说创作最重要的"潜文本"资源。而现代文学传统中最受她青睐并施加了影响的则是张爱玲，尤其是她的《倾城之恋》。

小　结

如果用目前流行的“代际”观察角度来定位的话，计文君无疑属于“70后”作家群。但“欲望化写作”“身体写作”“后现代拼贴”等这些经常用来概括“70后”作家的概念显然并不适合计文君。在我看来，计文君很难被归类。从美学的角度来说，她的小说有很现代的品质，能够以简洁的方式穿透世界，体现出很强的表现力。同时，她的创作又具有明显的古典主义的色彩，尤其是在细节写实和象征隐喻等作者话语方面，能看出古典家族世情小说、古典戏曲及婉约风格诗词的遗风流韵，赋予小说优美的形式感。可以说，古典主义与现代主义在计文君的小说创作中大面积、深层次的媾和所取得的成果已经为计文君奠定了相当深厚的美学基础。基于此，说“计文君已经准备好了”显然不是一句虚言，我们有理由对她抱更高的期待。

原文发表于《中国现代文学研究丛刊》2013年第12期

故事的传奇性与精神上的反传奇

——对池莉 20 世纪 90 年代小说创作的透视及反思

一

池莉这个名字是伴随着《烦恼人生》《不谈爱情》《太阳出世》《冷也好热也好活着就好》在 20 世纪 80 年代后期的出现才被熟知和广泛接受的，而事实上在此之前池莉已经有过为数经年的创作甘苦。是这组作品非同寻常的意识倾向，文化意味及审美特征将池莉从她自己的创作历史和新时期小说创作的大背景中凸显出来，受到了大家特别的注视。盛名之下的池莉没让喜爱她的人失望，在 20 世纪 90 年代，池莉的小说创作在数量和影响力上都是惊人的。《你是一条河》《青奴》《你以为你是谁》《绿水长流》《闻鸡起舞》《来来往往》《小姐你早》等作品给 20 世纪 90 年代相对沉寂的文坛带来一波又一波的冲击。尤其在20世纪末的晚近几年,《不谈爱情》《来来往往》相继被改编成电视连续剧,借助这种现代传媒,池莉的影响被带入千家万户。池莉的小说进入了畅销与流行的行列,成为继王朔小说之后又一个具有市场号召力的新品牌。

如果将池莉20世纪90年代的作品与她80年代后期的以《烦恼人生》为代表的一组作品作比较,就作品的外部形态而言,我们看到的几乎是两个完全不同的池莉,对"人心似海的现代状态"的理性认识,使她对传奇故事的热情远远超出了对原生的生存状态的信赖,从明清传奇中征用的充满主观热情的"话本式"的讲述姿态替代了对现实冷静地描摹与有节制地分析,似乎一个新的传奇、通俗的池莉从严格写实的旧池莉的躯壳中脱颖而出。但是要问90年代后期的池莉在精神上到底走了多远?她在多大程度上开拓了文学的精神空间和人类生存的精神疆界?回答是否定的,我们看到的仍然是那个冷静、务实、崇尚现世主义的池莉。她的精神世界里没有神祇,没有通天塔;她也不接受根本的改变,现世的、现实的原则永远是横亘在人们面前的无法逾越的屏障,人的任何主动的挑战最终都将是徒唤奈何的。甚至相反,她后期作品中故事的剧烈张弛而归宁静,人物命运大起大落又徒劳往返的叙事模式不但没有给人的主动性与生存的可能性留下充裕的精神空间,相反却在强化一种悲观主义的善恶果报(《云破处》就是一篇典型的写仇恨并为仇恨付出死亡的果报故事)的因缘轮回的伦理与命运观,具有很强的宿命色彩。

二

20 世纪 90 年代初期,池莉的小说创作基本中断。这段日子,池莉真正地体验着做母亲与做妻子的角色。她的“小太阳”的出世使她体验到了做母亲的欣悦,但随之而来的“烦恼”(调房子,雇保姆等)使她对生活的艰难、困扰、粗糙有了更感性、更深刻地认知。池莉外表柔静,内心却是强悍的,在与“烦恼”的抗争中,她担当了妻子与丈夫的双重角色。换句话说,家庭作为一个社会细胞,夫妻共同承担着保护孩子,使家庭免遭伤害的责任,尤其在中国当下物质相对贫困而物质的分配又欠公正的复杂背景下,男人作为“丈夫”的社会行为能力的大小是一个至关重要的因素。在池莉的家庭关系中,丈夫作为社会行为主要承担者在事实上的缺席,使池莉既要在家庭里细心呵护孩子,又要替代丈夫的社会角色奔波“在路上”和她所难以胜任的关系网中。池莉实际上是既自豪又不满,还委屈地肩负着沉重的甚至是超负荷的生活担子艰难前行的。这一真切的生存背景对池莉拿起笔来重新写作时产生了直接的、重要的影响:除延续并加强着对生活艰难性的叙述与渲染以外,90年代中前期的创作中发展出几种对池莉、对新时期小说来说都是相当引人注目的新思想与新命题。一、对“不屈不挠的活”的精神的称许,对活命能力,尤其是对行为能力的肯定与对道德主义的否定。二、由对行为能力的肯定,进而对知识分子的温情主义,所谓的教养进行反思和质疑,呈现出对力的崇拜与反智倾向。三、女性作为主动性与主导性的家庭角色担当家庭及社会义务,在这种角色的易位过程中,女性获得自雄的意识,对男性世界,尤其是知识男性表达了一种明显地挑剔、失望与委婉地不敬。

“我以为我的作品是在写当代的一种不屈不挠的活”①池莉如是说。我以为《你是一条河》中的女主人公辣辣正是对“不屈不挠的活”的生动阐释。尽管在印家厚、庄建非、赵胜天、李小兰的“成人”过程中池莉肯定了坚执与忍耐的重要,而在辣辣的“不屈不挠的活”的语义蕴含中,除却坚持与忍耐之外,拓展出一种新的意识空间:活命哲学与对道德主义的否定。1961年沔水镇大饥荒,辣辣为了孩子的存活以肉体与粮店职工老李做了交易,八岁的女儿冬儿窥破了这种交易,告诉母亲“我们不要臭米!”辣辣嫌恶并痛打了早熟的冬儿,她想的是:“一个寡妇人家喂饱七张小嘴容易吗?送上门的六十斤雪

① 池莉:《我坦率说》,载《池莉文集·真实的日子》,江苏文艺出版社,1995,第224页。

花花大米能不要吗?”对比“饿死事小,失节事大”这一封建主义的道德训诫,辣辣的行为与意识体现出鲜明的反道德主义的民间化倾向。

辣辣的这一形象的民间性质不仅表现在对主流意识中的道德主义的反叛,而且体现在对知识分子意识形态:温情主义、浪漫主义、爱情至上主义的讽喻与否定。在《你是一条河》中,王贤良是个出色的创造,不是指他性格描写在美学上的臻于完善,而是指他复杂的文化意涵。在具体身份上,他虽仅仅是一个小学教师,却将“五四”启蒙知识分子,封建时代愚弱的“书生”,“文革”时狂热的红卫兵,讲求独善兼济的士大夫等中国不同历史时期的知识分子及其文化内涵集于一身,是一个具有驳杂文化色彩的知识分子形象。通过将这一形象放置于辣辣的生存空间与“不屈不挠的活”的民间意识空间形成的尖锐反差与鲜明对比,知识分子精致的文化人格逐渐显示出它的不合时宜与负面性质:温情主义几近无能与无用,浪漫主义则容易泛滥为一种道德乌托邦,在行为则是要么忽左——极端的政治狂热,要么忽右——受打击后的脆弱、颓废无为与出世倾向。

王贤良是个爱情至上主义者,用诗向辣辣委婉地表达自己的爱慕。由于时间(大饥荒时期,身体的饥饿是这一时期的主要特征)与对象的错位,使王贤良的求爱变成了对自己的尖锐讽刺。正像辣辣说的："贤良啊，对一个快生孩子的女人写诗什么的呀，不滑稽吗？"辣辣要的不是诗，甚至不是爱情，她要的是一个有用的男人，因此她可以轻易地向老李和老朱头献身，因为他们能给她带来她所需要的粮食与金钱，而绝不会答应小叔子王贤良的求婚，"王贤良也许不是粗人，可挑担水都喘大气，上屋顶拾个漏瓦都不会，哪是个男人，要他做什么！"正是这个滑稽的求爱者，"百无一用"的书生，在"文革"到来时变成了一个狂热的造反派，在一次武斗事件中被打断左腿后，又追求起"养猫喂狗，填词赋诗"的陶渊明式的世外桃源般的生活。王贤良这个有着驳杂文化色彩的人物形象显然是作者对20世纪几代知识分子鳞爪式记忆与印象的产物，而不是对知识分子作为一个阶级或阶层进行历史地知性地把握的结果，因此，他在美学上并不成功，有一种明显的拼凑的痕迹，但通过这一形象意欲传达出的文化意识却是鲜明而强烈的，即知识分子的温情、雅致、浪漫在实际的艰难的生存中是脆弱的、无用的，无能、不合时宜是温情与浪漫的实际语义；而知识分子的浪漫又极容易演化为一种道德乌托邦并付诸实践，使之变成一场乱哄哄的广场式狂欢，而狂欢的结果是既害人（平民、民间的遭受伤害）又害己（或颓废或陶渊明式的静心）。

或许正是来自一种切身地在生存的困境中挣扎的体验，池莉感受到实际的生存能力——不再是印家厚式的"忍"，而是辣辣式的行动能力在维护个人尤其是家庭的生存中是多么的重要。这种感受使她在这一时期的创作中强化了对“无实际之用”的知识阶层（劳心者）的批判意识和对“劳力者”的尊敬与崇尚。《一去永不回》可能比其他任何一部作品都更多地注入了池莉的个人经验，而且也没有哪部作品像它一样表达出如此明确地对知识阶层自命的教养、优雅与高贵的反思与批判及对“劳力者”生存能力与生活方式的认同感。这个以一个青春期叛逆少女的人格成长为主线的小说，设计了一个尖锐对立的文化语境：一方是自命高雅，但却虚伪懦弱的知识分子家庭，温良恭谦让是他们的基本家教，他们固守这种教养，为此自豪，把工人想象、设定为“粗鲁的”，是诗礼传家的知识分子无论如何也不能从事的职业；另一方则是李志祥所代表的产业工人，他们“绿林好汉似的豪爽粗犷，不拘小节”，“样样事情都会干”。后者对前者敬而远之，前者则把后者视为“小流氓”。而温泉恰恰背叛了让她的父母如此自豪的书香门第，而主动选择了让她“感到自由自在的”产业工人的世界，她为了实现与李志祥结婚的目的，甚至是不择手段的。在《一去永不回》构建的经验空间中，知识分子的世界与产业工人的民间世界在意识形态上的矛盾是如此尖锐，而温泉在价值认同上的取舍向背又表现出如此强烈的贬抑知识分子而崇尚民间的倾向，让我们朦胧地感觉到与一种一度流行的意识形态——

"高贵者最愚蠢,卑贱者最聪明"有着某种同气相求的精神联系。池莉似乎对生存能力的崇拜走向了反道德主义与反智主义的立场,虽然这种反道德主义反智倾向还很难在世界观这一宏观的立场上来定位,但通过她的人物和故事,又的确能感到这种情绪与倾向性。

以上叙及池莉在 90 年代初小说创作命题的新的转向及萌发出的新的思想生长点,即对民间社会那种"不屈不挠"的生存态度与生存能力的叙述,以及由此延伸到在这种"不屈不挠"的民间视野中来对知识群体的文化性格进行反思、审视与批判。我以为,无论就叙事角度还是意识空间而言,民间性的拓展都是一个积极的文化倾向。但是"民间"是个复杂的文化空间,它既包含着民主性的精华,同时又是"藏污纳垢"①的,对民间意识简单的、不加辨识的认同是不适当的。仅池莉 90 年代初期创作表现出的民间性文化倾向就存在着可质疑的偏颇。

首先,"不屈不挠的活"否定与抛弃了主流意识形态的道德主义,肯定了生存、"活"的优先性,但这同时就意味着作者身处另外一种危险,即是否为了"活"这样一个目的,就可以不顾道德规范,任何手段都可以无所不用其极,"不屈不挠"除了

① 见《民间的浮沉》,载《上海文学》1994 年第 1 期。

“顽强”的语义之外，是否包容甚至纵容不正当的行为，把“不屈不挠”变成“无所不为”甚至是“胆大妄为”，即对道德主义的否定极有可能变成非道德化的生存主义。池莉这一时期创作由于对“不屈不挠”的生存能力，尤其是对实际行为能力的过分推崇，而对行为的“正当性”缺乏应有的追问与正视，而流露出非道德化的生存主义倾向。如辣辣用身体与老李、老朱头的交换，对儿子社员偷窃行为的暧昧态度；温泉为达到与李志祥结婚的目的使用的极端手段等事件的正当性、道德性均被轻描淡写，似乎为了生存的目的(这种生存似乎也并不具有道义上的优先性，辣辣仅仅是为了活着，而温泉的目的则是自私的——为了显示自己能独立生存)行为本身的善恶就是一个可以不予置评的问题。

这种对生存的道德价值的忽略，极有可能将生存目的化，走入为活着而活着的活命主义。这里必须提到池莉的《两个人》。我猜测这篇短篇小说是池莉在最为疲累的精神状态下写作完成的——池莉的写作是以自己介入生活的直接经验为基础的，她的作品在情绪及精神状态上极易受到她写作时精神状态的影响，因为通过她的故事，你似乎在重温民间最不健康的虚无、迷信的命运说教，诸如：好死不如赖活着；人强强不过天，心强强不过命；懒人懒福；福兮祸所伏，祸兮福所倚等。而且这种福祸天定，活着即福的宿命主义观念建立在一个漏洞百出的文本基础上。作品将两个人：赵森林与钱和平——前者精明能干，城府颇深；后者老实木讷、懒惰愚蠢——40年的人生经验放到纵向的时间坐标中去加以表现，两者的人生道路时而并行不悖，时而交叉互动，在诸多的误会、巧合、天意等神秘因素的作用下，走向一个宿命的终点：聪明反被聪明误，误了卿卿性命，而木讷愚钝者因祸得福、时来运转。试想40年的人生经验被放置到两个并行、比照的结构框架中，这几乎就是《战争与和平》中安德烈与彼埃尔和《安娜·卡列尼娜》中渥伦斯基与列文故事结构的翻版。托尔斯泰的浩浩长卷为人物的命运结局提供了扎实可信的时代背景与性格发展的内在逻辑，而池莉在一个短篇小说有限的篇幅中却只能在一个个时间点上告诉读者一个又一个结果（几乎一切过程均被省略了），而人物自身的性格逻辑与主体性完全没有得到尊重。池莉只不过煞费苦心地利用她笔下的人物在证明某种宿命性的观念而已，而这种观念显然是吸纳民间性生存意识中某些悲观的不健康的因素而又不加检视的一种结果。

池莉此一时期的创作在精神上向民间的认同似乎进入了一个盲目的、良莠不分的误区，这也表现在她对知识分子的非历史主义的评价。虽然在80年代后期的创作中，如《不谈爱情》，知识分子作为一种文化身份已经进入池莉的审美视野，但作为一种有意识地、自觉地对知识分子的审视与反思集中在这一时期，而且这种反思有一个显著的特点，即以民间性的观点，以生存能力的大小为价值标准进行逆向的（批判性）的思考。而池莉所设定的生存能力主要有两种：一是李志祥式的拿得起、放得下的体力劳动者，他们的特点是“什么都能做”，另一种是老李或老朱头式的握有某一种生活必需品的权力占有者。这两种人依恃各自的“力”——能力（体能与技能）或权力成为任何一个时代的“适者”，而相比之下，知识分子既无权力，又手无缚鸡之力，手不能拿、肩不能挑，注定成为某一时代尴尬可笑的“不适者”——王贤良温情浪漫，但他既无权力又无能力，不仅被时代淘汰，连自己的嫂子辣辣也把他视为“银样镴枪头”的另类；温功达夫妇（《一去永不回》）无权、无势、无能，不得不用提前退休的方法解决女儿的就业问题，但他们却病态地自尊、虚荣、做作，把当工人从事体力劳动视为“火坑”。

池莉笔下的知识分子形象显然与现代知识分子存在着一种历史的错位——她仍在下意识地复写着孔乙己式的知识分子形象。作为封建制度下的旧知识分子，要么通过科举入仕，拥有权力；要么脱掉长衫，拥有技能成为自食其力的劳动者；否则，只能像孔乙己一样既被秀才、举人一类的人所驱赶，也被穿短衫站着喝酒的人所嘲弄。但启蒙运动之后的现代知识分子得以立足社会和证明自己的主要根据不是权力和身体技能，或者说，是一种特殊的权力——知识，一种特殊的能力——理性精神与现代文明相结合才是衡量现代知识分子的主要标准。现代的科学知识与理性精神是现代知识分子主体性的基本内涵，从倪焕之到林道静再到陆文婷所揭示的正是知识分子的科学精神与理性精神如何觉醒的过程，是知识分子由传统走向现代的嬗替过程，这一叙事传统是20世纪文学现代性的主要标志。陈述这一现代性的叙事传统并不是说现代知识分子身上已经完全汰除了孔乙己的精神因素，也不是说孔乙己式的精神因素不能成为叙事的对象，而是想说，当池莉将知识分子置入“不屈不挠的活”这一民间性视野中来把握的时候，她只是观照到了知识分子非本质、非主流的一个侧面，而现代知识分子更本质更主流的一面——理性的精神和作为知识主体的生产与创造能力却被遮蔽了，很大程度上使知识分子变成了一个喜剧式的滑稽可笑的形象群体。这显然是一个对知识分子进行道德主义与审美主义观察与评价的结果，而不是进行历史主义的知性分析所得出的结论。从根本上说，“不屈不挠的活”就是一个道德主义与审美主义的观察视角，它不仅会扭曲知识分子形象，也会使整部作品的主题发生倾斜，把一个严肃深刻的历史主义话题变成一个考验个人品质与能力的道德主义话题。以《你是一条河》为例，“苦难”无疑是这部作品的主要背景，但对辣辣“不屈不挠”的道德欣赏与审美主义的评价，使“苦难”本身和产生“苦难”的社会历史原因都变成了不必探究的话题，一个重要的历史主义主题成为被藏匿的缺席者。

三

作为一个女作家，池莉的经验空间是相对封闭的，尤其在20世纪80年代末90年代初的几年，孩子和家构成了她生活的核心。正是在独立担当家庭责任的过程中，体验到了普通人“不屈不挠的活”的重要，以及由此产生了对知识阶层“无用”的谴责。随着孩子的逐渐成长和家庭的稳定，池莉关注和思考的重心发生了位移，一个迅速膨胀、瞬息万变的外部城市空间吸引了她的视线。“现在的城市生活无时无刻地发生着急骤的变化（引者注：原文如此，但它是一个病句，正确的表达应为‘无时无刻地不在发生……’或‘时时刻刻地发生着……’），荣和辱、富和穷、相聚和别离、爱情和仇恨等，皆可以在瞬间转换，这是中国前所未有的历史阶段，希望与困惑并存，使人们的精神世界撞击起了比物质世界更大的波澜。”“我拿不准我是否喜欢现在的大城市。但我对它非常敏感。它用高楼大厦、钢筋水泥和大量的生活垃圾将传统意义上的小说因素日渐消解，同时却把人的心无限扩张和复杂化，真可谓人心似海。我拿得准的是，作为一个小说创作者，我喜欢人心似海的现代状态。”①正是基于对“人心似海的现代状态”的认知，池莉在20世纪90年代中期以后的小说创作发生了明显的变化。首先，当下的城市经验，尤其是社会转型所带来的社会关系的解构与重组以及金钱、名利所激发出的物质欲望引发的剧烈的心理震荡构成池莉此一时期文学叙事的焦点。正是对这种“人心似海的现代状态”的积极介入，使池莉小说的故事性大大加强了，或者说是故事的动作性被极大地调动起来了。《烦恼人生》为代表的20世纪80年代后期作品主要叙述的是日常性经验，心灵内部的波动与隐忍构成了人物与故事的主要形态，而《你以为你是谁》《云破处》《来来往往》《午夜起舞》《小姐你早》《惊世之作》等作品最为明显的特征就是加强了对人物外部动作——午夜“起舞”与“来来往往”的叙述，她笔下的人物不再是徘徊、游弋于时代大潮边缘的隔岸观火者，而成了置身于时代大潮之中搏击风浪的弄潮儿。支撑这一切的是挣扎与抗争的动作性故事模式替代了“由忍到和”的心灵故事模式，而这背后更潜在的支撑点则是以社会状况（人心似海的现代状态）与人生状况——被现代状态所激发的物质与精神欲望使人处于一种利箭在弦、不得不发的奇妙状态。

① 池莉：《说与读者》，载《池莉文集·紫陌红尘》，江苏文艺出版社，1995，第1页。

《烦恼人生》与《来来往往》中两个细节的对比颇能说明这一问题。

> 雅丽怎么能够懂得他和老婆是分不开的呢？普通人的老婆就得粗粗糙糙，泼泼辣辣，没有半点身份架子，尽管做丈夫的不无遗憾，可那又怎么样呢？
>
> （《烦恼人生》1987 年）
>
> ……十二年里也没有发生什么惊天动地的折磨人的事情，一个女人怎么可以变得如此的糟糕？康伟业想起了李大夫，想起了戴晓蕾，想起了与他打过交道的许多女人，无论是比段莉娜年纪大的，还是比她年纪小的，好像都不似她这个样子。偏偏这个最糟糕的就是他的老婆！一股自怜，一股悲哀，一股无奈，一股失望，齐齐地涌上了康伟业的心头，在那儿打着循环不绝的漩涡。自打结婚以后就不再考虑的关于女人的问题，在这个时刻忽然地横空出世：难道他康伟业这辈子就交给了这么一个女人？
>
> （《来来往往》1998 年）

印家厚用隐忍与自我宽慰，用“你现在经历的这一切都是梦”来化解自己的不满与郁闷；而康伟业却把自己的不满变成抗议，背叛与行动，演出了一场轰轰烈烈的反叛与抗争的人生故事。反叛与抗争的人生与故事模式成为池莉这一时期文学叙事的基本原型。

其次，与上述人生与故事模式的转型相一致，池莉 90 年代后期作品在文体与叙事风格上也有明显的变化，概括起来就是，写实的成分在缩减，浪漫因素增加，传奇性、戏剧性替代“还原”成为她这一时期作品的主要特征。这种传奇性表现在很多方面。首先是故事的随机性、偶然性与虚拟性增加了。应该指出，池莉小说涉及的主要故事因素是爱情与婚姻，在 80 年代的作品中，她强调婚姻的稳定性，强调婚姻不是单个人的事情，因此，她突出的是“不谈爱情”，而是以个人的牺牲、调适去适应他人、对方，她把这种对婚姻的接受视作个人的“成人”仪式。正因为她强调个人欲望对家庭的服从，强调个人的责任与义务，因此她那时的作品中对个人性的冲动与冒险持否定态度，这无疑使她作品增强了写实的分量，而很少表现出浪漫色彩与传奇性。《烦恼人生》中，印家厚与女徒弟雅莉的关系在通常意义应该是三角恋爱（或婚外恋）故事中的一条线索，但《烦恼人生》恰恰是“反传奇”的，因此，雅莉的爱情就无从展开。在池莉看来“荣和辱、富和穷、相聚和别离、爱情和仇恨等，皆可以在瞬间转换”的，“人心似海”的现代状态正是一个“传奇”的状态或酝酿与制造传奇的状态，所以大致从《你以为你是谁》开始，她开始突出个人对既定状态的突破及面向新的可能性的冒险与挑战。人生的跌宕起伏增加了故事的随机、偶然及传奇性。陆武桥与宜欣的相遇、相恋在嘈杂、晦暗的现代城市背景上就像是一个王子与白雪公主的美丽童话。康传业在与段丽娜的婚姻搁浅以后，他没有像印家厚一样退守到家庭中来，而是选择了"出走"，他与林珠的婚外恋更是极尽浪漫之能事，使之看起来更像中世纪骑士与贵妇人爱情传奇的现代版。《小姐你早》中三个女人的结盟及其向男人的复仇故事其虚拟性昭然若揭，小说最后的那篇由孙记者编撰的《小姐说不，男士当心》的"拍案惊奇"，既是对当代婚姻传奇性的模拟与反讽，而整个《小姐你早》又何尝不是一个新的拍案惊奇呢？因此，孙记者的这篇"拍案惊奇"正是《小姐你早》的传奇性的一个注脚。

池莉后期作品的传奇风格还表现在人物性格的强烈对比，如《来来往往》中段丽娜与林珠的对比，人物命运的陡转模式，作者在感情及叙事上的积极有时是武断的介入，对档案（如《午夜起舞》中对1965年国家所发生大事的追踪记录）的征引，传奇故事的楔入加强了她的小说"杂"文体的叙事风格。而这一切的综合运用，已经在整体上改变了她早期作品以"还原"为特色的写实风格，而更接近传奇小说的品质。具体地说，池莉晚近几年的小说在一些外在的局部的因素上，如对环境（自然的物境、社会背景）的铺陈方面仍见写实的功力，但她作品叙事的内核——故事及对故事的展开方式——情节却越来越浪漫化、戏剧化、传奇化，尤其是她笔下的爱情故事几近于“罗曼蒂克”的叙事风格，在故事原型上明显可以看出某些童话故事的深刻印迹。

需要特别指出的是，以上我们称为传奇性的那些变化的确构成了池莉在 20 世纪 90 年代后期小说创作的一大特色，但我们应该看到，传奇性只是池莉小说叙事体式与风格上的一种特征，而在精神上，池莉反传奇、反浪漫的基本特色没有变；或者说，池莉制造传奇恰恰是为了反传奇，制造浪漫是为了告诉你浪漫的虚妄，是为了否定浪漫。池莉在精神上似乎始终坚守着一条底线不肯移动：浪漫或许是人的天性，追求浪漫或许给人一个瞬间的斑斓绚丽的人生，但生活有自己的法则，而生活的法则很实际，有时甚至是残酷的，挣扎于生活这张“网”中，也就不得不接受生活法则的约束，而在强大的生活法则面前，人的能力又是何其有限啊。正是从这个意义上来说，我以为池莉的写作有一条一以贯之的“不变”的定则，即置身于生活之中的人最终是被动的。这种宿命的生活观念似乎已经普泛化为一种哲学或者说一种世俗化的宗教弥漫于池莉的小说创作中。

《来来往往》是池莉小说中最具浪漫气质的作品之一，但就其实质而言，这却是一篇反传奇的都市寓言：康伟业厌倦了邋遢世故的老婆段丽娜(这显然是一个谢惠敏(《班主任》)式的被强势的政治话语硬性书写过的一类人物,一种典型的文化人格,她在社会转型期从性格到文化人格都将经历剧烈的震荡,若从写实的逻辑来处理,这是一个包蕴着丰富生活意蕴与历史内涵的典型人物的雏形,这篇作品的传奇笔法及池莉一贯的缺乏历史性的处理方式使她成为一个色彩杂乱的喜剧性的漫画式人物,讽刺性的叙述格调削弱、湮没了这一人物可能具有的丰富内涵),与一个精灵似的现代都市女郎林珠展开了一段欲仙欲死的浪漫爱情故事。若就爱情故事本身而言,它纯洁得似乎一尘不染,具有了梦幻般的童话色彩,作品也说“康伟业与林珠的爱情是空中的爱情,飞机里来飞机里去,电话里来电话里去,饭店里来饭店里去,上不沾天,下不沾地,如梦如幻,带着强烈的理想化色彩,似乎是不打算坠落红尘的”。但是康伟业与林珠并不是生活在一个童话的时代与童话的世界里,飞机与饭店替代不了王子的城堡与森林中的小木屋,无论互相将对方看得多么美好,康伟业不是王子,林珠不是白雪公主,他们“不打算坠落红尘”,无论如何也是做不到的。因此,他们的爱情越是浪漫,越是传奇,越是自我封闭,越意味着他们爱情之树走向枯萎与凋谢。质而言之,他们的爱情悲剧不是由哪个人造成的,不是康伟业,不是林珠,甚至也不是段丽娜,而是这个世界的现实原则:康伟业与林珠的年龄、心态、观念的差异，爱情是浪漫的而婚姻很实际，所谓“相爱容易，相处太难”，物质利益可以一时被忽略，不可永远被忽略——天下熙熙皆为利来，天下攘攘皆为利往，所以没有必要将段丽娜丑化为一个狠毒的后娘或狼外婆式的角色。通过康伟业与林珠的爱情，或者说通过康伟业对旧有婚姻的反抗、出走到失败（相伴随的则是期待、兴奋、失意、失落、失望、爱情理想的破灭这一情感经历）重后又回归原点的故事模式，我们不难理解这一故事背后的语义逻辑：人心思动、思变、追求理想的爱情与浪漫的人生是“人之大欲存焉”，但婚姻是实际的，生活有铁一样严酷的逻辑，在实际的、严酷的生活法则面前，浪漫的爱情与传奇人生只能碰壁而归。这一语义逻辑在作品中还有一个民间化的表述语言圈套，即饱暖思淫欲→一场风花雪月的事→“曾经沧海难为水，除却乌山不是云”。这一圈套正好对应于康伟业与三个女性——段丽娜、林珠、时雨蓬的关系。事实上，这一包含宿命观念的循环故事模式牵制、主导着“来来往往”的故事情节的展开与演进，它表面上的浪漫化与传奇性，恰恰服务于一个反传奇的精神理念，传奇性是它的表，反传奇才是它的核与里。这种传奇性与反传奇的悖论性特征同样可以求证于《你以为你是谁》《午夜起舞》等主要作品。

原文发表于《文艺理论研究》2002 年第 3 期

《秦腔》:在乡土叙事范式之外

2008年10月25日,第七届茅盾文学奖的评奖结果揭晓,和很多人期待和预料的相吻合,贾平凹的《秦腔》榜上有名。授奖辞评价:(《秦腔》)“以精微的叙事,绵密的细节,成功地仿写了一种日常生活的本真状态,并对变化中的乡土中国所面临的矛盾、迷茫,做了充满赤子情怀的记述和解读。”这个高度凝练的概括,指出了这部小说在叙事上的仿真性、主题的含混性,以及创作主体情感的丰沛性。但是,由于这一评价高度概括性,对于《秦腔》的真正意义语焉不详,其说法本身甚至还不无矛盾。如作家的“赤子情怀”与仿写“一种日常生活的本真状态”就多少是一个悖论的命题,如果不做充分的论证,就无法让人相信这两种判断的合理性及其内在理路的一致性。

尽管对缺乏耐心的读者来说,《秦腔》有些拖沓、沉闷,但它的冲击力、它对于当代文学史的意义,已经被许多人敏感地意会到。甚至在它问世之初，已经有评论家在谈论“观察和理解乡土的方式的终结”①与“乡土中国叙事的终结”②了。通过一部作品，就能判定一个源远流长的叙事类型、一种观察认知方式已经终结，显然有些武断和生硬。但是，对于像《秦腔》这样具有原创性的作品，通过细致、合理的分析与阐释，发现它所生产出的新的美学因素，无疑具有重要的意义。本文把《秦腔》放置到乡土叙事的宏观背景中，通过讨论它在认知方式上的创新，以及与这种新的认知方式相匹配的美学呈现方式创新，来观察、预测它的文学史意义。不仅如此，《秦腔》的出现和对它的深入阐释还具有理论价值。2004 年以来，批评界的一大热点就是“底层写作”问题，而对它的讨论却陷入立场与技术、道德与美学的悖论中。对《秦腔》的深入研讨将不可避免地涉及作家主体（认知与情感）与世界（乡土、故乡）和美学呈现（叙述与想象）的关系问题，而它提供的某些突破性的经验可以使“底层写作”讨论中涉及的一些悬而未决的理论问题得到解答。

---

① 贾平凹、郜元宝：《〈秦腔〉痛苦创作和乡土文学的未来》，https://www.docin.com/p－1838355312.html。

② 张胜友、雷达等：《秦腔》：乡土中国叙事终结的杰出文本——北京《秦腔》研讨会发言摘要，http://www.doc88.com/p－4975691149796.html。

一、认知:中止判断

鲁迅先生在为 20 世纪初的"乡土文学"命名时,曾经说过:"'乡土文学'实际上是侨寓在城市里的作家反观乡土的一种结果。"①"侨寓"的说法明确地指明了"乡土小说"作家的身份特征、认知视角和情感指向。无论作家的出身有多大的悬殊(大富或者贫寒),无论在城市的经历是成功还是失败,"五四"时期"乡土小说"作家大都有过乡村和城市的双重经验。它们出生在乡村、成长在乡村,乡土经验是他们与生俱来的经历与事件。但是,如果没有"城里人"的身份,没有作为城里人的经验,再丰富的乡土经历、再重大的乡村生活事件都只能是经历和事件,只会沉睡在个人记忆的深处,与身体的衰朽一同灰飞烟灭,而不能成为经验,不能作为文学事件来讲述和书写。就是说,基于城市经验生发的"乡村应该如何"的现代想象"发现"了乡土,使乡土问题化,"乡土文学"因此而发生。"乡土文学"是现代作家两种身份"对视"的结果,是现代理念与现代性构想与乡土这一巨大的传统存在物相遇、碰撞而产生的后果。

---

① 鲁迅:《〈中国新文学大系·小说二集〉序》,《鲁迅全集》第六卷,人民文学出版社,2005,第 255 页。

现代作家两种身份的“对视”发现了乡土，创造了“乡土文学”，但由于认知视角、认知理念和情感态度的不同，作家所发现的乡土和所创造的乡土文学的形态与面目是不同的。鲁迅及他所命名的乡土文学的大部分作家，被强调的是城市寓居者的身份，在他们笔下，乡村及其伴生物被问题化，“国民性”批判成为基本的价值取向。而以“乡下人”自居的沈从文，其认知角度显然不是现代的启蒙理性，而是反思现代启蒙理性的审美现代性的视角，在他的笔下，被问题化的是城市，乡村被诗意化和审美化了。正像在哈贝马斯的视野中，启蒙现代性与审美现代性构成现代性的两副面孔、互相映照一样，中国现代“乡土文学”对乡土的两种取向不同的“发现”，是在各自的取位上观察到的或者在不同的基点上想象与构造出的乡村的不同面相，并不构成对现代性的背离，而是对现代性的共同丰富。

新民主主义革命的实践过程改变了“乡土文学”的基本特征，某种意义上甚至可以说终结了“乡土文学”。农村包围城市的革命道路、农民作为革命主体和可靠同盟军的历史地位从客观上改变了对乡村进行想象的可能性及限度。知识分子由同路人到被改造对象，以及在文化象征格局中被矮化和丑化，贴近农民去写或者像农民一样写农民的规范化要求从主观上改变了作家对乡村的想象方式。“乡土文学”得以成立的某些前提被修改了:作家作为启蒙者的身份已经不复存在,由城市审视乡村或者由乡村审视城市的认知视角均被乡村或城市内部的阶级视角所取代,颓败的乡村或者诗意化的乡村这两种乡土文学的想象模型均不具有可靠性,启蒙的或审美的现代性建构逐渐地被意识形态构想所置换,作为小说类型和审美范畴的"乡土小说"已不复存在,"农村题材小说"作为替代性的概念表明的只是题材上的分级秩序,"乡土小说"所内含的思想与文化、叙事与文体方面的独特质地已荡然无存。

粉碎"四人帮"以后的现代化进程,使文化地理学意义上的城乡二元格局得以凸显,乡土作为现代性想象不可或缺的认知与审美对象再次出场,而一批农裔作家居留城市后在身份上的分裂感也使他们以"城市人"和"乡下人"的交叉、对视的目光进行乡土文学叙事成为可能。由于中国现代化历史进程面临着更复杂的格局,由于作家在全球化语境中遭遇不同文化思潮的冲击,"乡土"作为认知与审美对象,其面目是纷然杂陈的。换句话说,作家在面对"乡土"时,其身份、心态是复杂多样的,泾渭分明的"城市人"或"乡下人"的区别会使问题简单化。粉碎"四人帮"以来的"乡土文学"比"五四"时期的"乡土文学"有更复杂的局面,我们甚至在同一位作家那里看到以启蒙理性进行国民性批判与以诗化的乡村对现代性进行批判反思的双重品质。

贾平凹自称是一位农民，这样说有些矫情，或者只是一时一地的真实感受与真实身份。若综合审查贾平凹的写作身份，远比这要复杂得多。批评家肖云儒认为贾平凹从《浮躁》到《高老庄》的长篇小说创作走过了一个从正题到反题再到合题的辩证过程。他说："《高老庄》正是在这些意义上，成为贾平凹几部长篇小说文化追寻的一个合题，即由商州文化秦头楚尾的静态交汇和远山野情的圈外色彩所形成的文化和谐这样一个正题，到乡村生态、农业文明和城市现代文明的冲突、自然经济和市场经济的碰撞所形成的不协调、颓丧，甚至断裂这样一个反题，再到现代城市文明和传统乡村文明的相互渗透植入，企望着产生新的平衡这样一个合题。作家放弃了早先的田园梦，放弃了叙事者的抒情角色，也放弃了中期的人文知识分子的叙事立场，而是在文化的失落和衰微中执着而又无奈的追寻。"①这里，表明的就是贾平凹交替出现的几种文化身份：做着田园梦的抒情诗人，启蒙知识分子，进退失据的惶惑者、探索者。

如果"合题"的说法是恰当的，那么《秦腔》呢？是做着田园梦的抒情诗人吗？可明明写的是乡村不可挽回的破败与乡村文化的解体。是启蒙知识分子的国民性批判吗？也不是，

① 肖云儒：《贾平凹长篇系列中的〈高老庄〉》，《当代作家评论》1999年第2期。

作者在夏天义和夏天智身上所赋予的悲剧意蕴表明，在作者眼中，这些人甚至是一些英雄，尽管是即将没落的英雄。在文化的惶惑感上《秦腔》与《高老庄》类似，但在探索乡村社会及乡村文化的出路问题上，《秦腔》显然不像《高老庄》在人物关系及意象设置上寻求传统与现代、城市与乡村、汉族血缘与异族血缘的融合而达至救赎目的的理性化设计。那么，《秦腔》是一部逸出乡土小说规范之外的作品吗？作者是不是有一种无法规范的身份？

是的，这正是我要做出的一个判断：《秦腔》的写作是对已有乡土小说规范的突破，之所以如此，是因为作者将乡土小说写作中已规范化的认知身份、认知角度进行了“悬置”和“加括号”，他既不是“城市人”也不是“乡下人”，是一个隐身者，是一个观察者和叙述者。已有的对于乡村、乡土的知识、判断被搁置，对乡村未来的规划与设计被放逐，而最大可能地呈现、还原乡村生活的场景则成为作者的最高追求。在接受部元宝的访谈时贾平凹说：“原来的写法一直讲究源于生活，高于生活，慢慢形成了一种思维方式，现在再按那一套程式就没法操作了。我在写的过程中一直是矛盾、痛苦的，不知该怎么办，是歌颂，是批判？是光明，还是阴暗？以前的观念没有办法再套用。我并不觉得我能站得更高来俯视生活，揭示生活，我完全没有这个能力了。”①贾平凹自己清楚地表明了《秦腔》的创作不是在原有创作轨道上滑行的结果，而是现象学意义上“中止判断”后的新的写作尝试。

二、叙述：阉割叙述人与仿真叙事

在现象学哲学中，“悬搁”不是一种方法，而是一种态度，是人们面对经验世界时的一种根本立场。但诉诸文学叙事时，“悬搁”又不能不是一种方法。或者说，以“悬搁”的态度与立场面对经验世界并将其转换为文学经验时，“悬搁”既是一种态度与立场，同时又涉及相应的叙事方法。具体到“乡土文学”而言，归根结底它所涉及的是知识分子自我与乡土世界的关系问题，那么，认知层面的态度与立场问题进入叙事状态后，就有一个知识分子自我如何现身的问题。是作为被叙世界的一部分，还是完全置身事外；是由自己现身说法，还是由他人代言是文学叙事首先面临的方法问题。

如果从知识分子自我与乡土世界的关系这一角度观察乡土文学叙事，“五四”文学以来，有几种叙事模式具有特殊的意义。一种是知识分子的返乡叙事，以鲁迅的《故乡》、郁达夫的

---

① 贾平凹、郜元宝：《〈秦腔〉痛苦创作和乡土文学的未来》，https://www.docin.com/p-1838355312.html。

《迟桂花》、柔石的《二月》为代表。这是一种半自传式的小说，知识分子叙述人一方面讲述故乡的故事、他人的故事，使故乡作为一种独特的生活样态得以显现，同时知识分子叙述人在故乡的行走，和故乡的遇合，又完成对自我心灵故事的讲述。这种返乡/离乡，审视(故乡)/自审的经典叙事模式表述的是现代史上最经典的知识分子与乡土中国的关系模式：乡土的沉滞与自我成长的艰难。另一种则以沈从文的《边城》《长河》、废名的《桃园》为代表，这类乡土叙事带有某种程度的寓言性质，而实现这一目标的途径恰恰是知识分子叙述人从文本中退场，将乡土世界描述为田园诗般的镜像物，作者的感情、意念寄予在诗意化的自然与风情画中。当代文学对乡村的书写多取全知视角，知识分子与文本世界的关系不仅从叙事层面上很难看到介入叙事的情形，从意识层面上来看知识分子的人文意识在日益成长的农村新人面前越来越具有原罪感，是一种应该修正的情感。

贾平凹的早期小说具有田园诗性质，越到后来，尤其是他的长篇小说创作，知识分子的返乡叙事越占据更重要的位置。1997年创作的《土门》具有过渡的性质。它的叙述人是一个叫梅梅的女性。但“每当写到梅梅心理活动时，作家显然有些力不从心，梅梅作为女性的特征在心理活动层面几乎难以得到有力的表达。这原因很简单，因为叙事者是个男性而非女性梅梅”[1]。就是说，尽管小说选择了梅梅作为第一人称叙述人，但作者贾平凹作为一个知识分子写作者对城乡关系及未来命运的思考借助于梅梅表达了出来，梅梅的力不胜任说明，在叙述人的叙事功能与如何贯彻作家的思考方面，《土门》还没有找到一个平衡点。到了《高老庄》，叙述人与隐含作者在叙事、表意方面造成的乖张得到了有效的弥合。小说选择了出生并成长于乡村、后来成为生活于城市的文化人子路作为叙述人，它的返乡部分地复活了他对乡村的记忆，而多年的城市生活使他返乡后看到、听到的乡村事物是如此的新鲜、富有质感。加上西夏这个纯正的城市女人、一个对文物和古代文化充满兴趣的研究者，作为一个补充性的视点，保证了这部小说对乡村的写实具有密实而又亮闪闪的质地与光泽。叙述人作为知识分子的文化身份，加上作者在写实基础上有意编织的象征性符码，又使它成为一部颇具理性思辨气质的作品，作者的社会意识、历史意识、生命意识、种族意识镶嵌在写实与表意共同构成的叙述框架内。

《秦腔》有所不同。《秦腔》的叙述人是一个叫引生的疯子，以第一人称“我”的方式介入文本。在小说中，因为亵渎了自己所挚爱的女人白雪，引生自己动手割掉了自己的生殖器，

---

① 孟繁华：《面对今日中国的关怀与忧患——评贾平凹的长篇小说〈土门〉》，《当代作家评论》1997 年第 1 期。

实施了自我阉割。这一细节不是一个轻描淡写的闲笔，也不是仅仅作为一个有色情意味的情节诱发人们阅读的噱头，它是一个意味深长的设计。考虑到引生的疯癫、特异禀性，他在文本中的特殊位置，作者对他的设计实现的是两个层次的“阉割”：一是对第一人称小说内视角、抒情传统、评价机制、自我成长模式的阉割；二是对传统圣愚叙事的阉割。

第一人称的内聚焦叙事作为一种潮流和叙述机制，它的发生是和知识分子的觉醒与成长分不开的。或者说，作为现代小说的一种叙事范式，它的内倾视角、抒情格调、自我成长为主轴的结构，以及通过议论、格言、隐喻进行的自我评价与社会评价等是与知识分子作为历史主体和社会主体成长起来这一现代性事件相一致的。鲁迅在《故乡》中实现的是一种复调叙述：故乡的情状（我看）与自我的情状（我想）。贾平凹的《高老庄》是这种复调叙事最成功的当代小说之一。但《秦腔》将知识分子叙述人子路改写为一个疯子、一个病态的情痴、一个从未离开过乡土的、在叙述学上被称作“不可靠的叙述人”。这种对知识分子叙述人的阉割是与作者在认知方式上的“中止判断”相匹配的一种叙述策略，将知识分子叙述人置换出文本是为了避免对乡土的叙述进入任何先见的结论。以疯子作为叙述人，在中外文学史上都不鲜见。尤其是作者有意选择疯子、狂人作为叙述人，以达到特殊的修辞效果，在现代小说中已成为一种独特的叙述类型，被称作疯癫叙事或圣愚叙事。这种叙事的叙述人疯癫也好，愚钝也好，往往具有假装、佯狂的性质；而事实上，他们比正常人更清醒，是真理的据有者。《狂人日记》中的狂人正是这样的叙述者。在疯癫这一点上，引生与狂人相似，但很显然，贾平凹并没赋予它真理掌握者的、真理化身的功能。引生在评价清风街的人与事时，经常是是非不分的。这种对圣愚叙述人的有意阉割，同样是意欲达到不给人先入之见而对乡土社会进行还原的目的。

从纯粹技术的角度看，引生是特异的、无所不知的。他能和花鸟树木对话，能够知道相同时间、不同地点发生的不同的事情，正是这种能力保证了"可靠叙述人"无法达到的目的：真正使叙述网络化、立体化。《秦腔》能够做到对乡土社会进行还原与仿真叙述，对叙述人的成功设计是修辞与技术上的保障。

2004 年以来，有关"底层写作"的讨论一直没有停歇。最初，"谁是底层"这样的社会学问题被提出和争论；随后，作家是否愿意和有能力为底层代言等道德与文化问题被热议；接下来，"底层如何被表述"成为新的焦点，有人认为，一个作家如果不是底层的一员，他就不可避免地会"歪曲"底层，如果完全是底层的一员，又不具有表述的能力，"如何表述底层"遂成为一个自相缠绕的话题。《秦腔》成功地还原了当下的中国乡土社会，政治的、经济的、文化的、自然的、伦理的、心理的，甚至超自然的等诸种因素如此浑融地交织在一起，被植入当下的社会语境中。它的成功表明，作家将先验的、预设的理念进行“悬置”，以敬畏而无声的姿态面对现实，并在美学和叙事上进行相应的尝试，才有可能接近或走入“底层”，这个底层并不是社会学意义上的底层，而是历史文化和美学意义上的“深层”。相反，一切以理论预设为前提的文学写作都只能是浅尝辄止或者是重复他人。

原文发表于《河南师范大学学报》2009年03期

“鸡毛与蚂蚁”的隐喻：个人的磨损与丧失

——对《一地鸡毛》中小林梦境的精神分析与文化释义

> 老婆见他喝多了，瞪了他一眼，一把将啤酒瓶夺了过来。啤酒虽然夺了过去，但小林脑袋已经发懵，这天夜里睡得很死。半夜做了一个梦，梦见自己睡觉，上边盖着一堆鸡毛，下边铺着许多人掉下的皮屑，柔软舒服，度年如日。又梦见黑压压无边无际的人群向前涌动，又变成一队队祈雨的蚂蚁。

这是《一地鸡毛》中主人公小林的一个梦境。鉴于《一地鸡毛》从小说到电视剧的广泛影响，人们对“鸡毛与蚂蚁”的梦中情景应当不会陌生。但是，从一般读者到批评家对这一相当奇特意象表现出异乎寻常的、一致性的缄默，对它所可能具有的深刻的象征与隐喻的性质没有给予足够的关注。陈晓明先生说：“那个一地鸡毛的梦，并没有什么特别深刻的寓意，当然也不会使我们的主角突然醒悟，这不是一个自我意识的哲学问题，生活就是一大堆琐碎的实际问题，除了认同现实关系别无选择。”①陈思和教授主编的《中国当代文学史教程》在论及《一地鸡毛》时，其语义表述似乎是矛盾的：一方面说“‘一地鸡毛’这个标题所具有象征意义在小说结尾处通过小林的一个梦境直接表述出来”。但在引述这一梦境后又评述说，“这显然不是那种追求深刻性的象征，而是以十分表浅的意义述说揭示出作者所理解的生存本相：生活就是种种无聊小事的任意集合，它以无休无止的纠缠使每个现实中人都挣脱不得，并以巨大的销蚀性磨损掉他们个性中的一切棱角，使他们在昏昏欲睡的状态中丧失了精神上的自觉”②。本文深刻地看到了《一地鸡毛》所体现的作者的人文意图及“新写实小说”所缺失的现实批判立场，但它倾向于认为这种“意图”与“立场”只是通过作品的“隐约闪烁着一种尖锐的讽刺精神”来呈现的，而不是来自更实体化的小林形象，以及“鸡毛与蚂蚁”的深刻隐喻。

我的观点与上述看法不同。我倾向于认为出现在小林梦境中的“鸡毛与蚂蚁”这一意象正是对小林所生存其中的现实

① 吴义勤主编《刘震云研究资料》，百花洲文艺出版社，1992，第25页。

② 陈思和主编《中国当代文学史教程》，复旦大学出版社，1999，第314页。

环境及在这种环境的胁迫下逐渐被同化、被吸纳，逐渐丧失自我、逐渐由生活的主体而客体化处境的一种隐喻。“鸡毛与皮屑”是与个人生存休戚相关、互为表里的生活环境，即客体的象征，而“蚂蚁”就像卡夫卡笔下的甲虫一样所意指的正是一个自我丧失，主体“他化”、客体化的“自我意识的哲学问题”。

以上的争辩显然需要一些实证性的分析来予以支持。

小林这一形象的生活经历、思想、心理及价值观的变化，尤其是这种变化与“单位”“家”等外部环境之间的构成关系实在是意味深长的。小林是个大学毕业生，“奋斗过，发奋过，挑灯夜读过，有过一番宏伟的思想，单位的处长局长，社会上大大小小的机关，都不放在眼里”。但是这个张狂的、个性十足的小林生活在等级森严、人际关系微妙而复杂的“单位”里，他的几乎一切生活需要：吃、穿、住、行，老婆、孩子都和单位联系在一起。为了生存的需要（孩子的牛奶、住房、入党、提干），小林接受了生活的“教育”，放弃了作为个人的一切棱角，去适应他原本反抗过的一切，“小林像换了一个人”。在“单位”如此，而在“家”这个私密化的空间里，豆腐、白菜、蜂窝煤与烤鸭排挤着足球与诗歌；逼仄的生存空间，窘迫的经济条件，使神圣的师生情谊被扭曲变形；老婆工作调动，孩子生病入托，对付保姆，瘸腿老头的入侵和随后的贿赂消耗磨损着小林身上那点可怜的激情，也“教育”“感化”着小林走向“成熟”；“其实世界上事情也很简单,只要弄明白一个道理,按道理办事,生活就像流水,一天天过下去,也蛮舒服。舒服世界,环球同此凉热”。“成熟”后的小林,如果“老婆能用微波炉再给他烤点鸡,让他喝瓶啤酒,他就没有什么不满足的了”。

《单位》与《一地鸡毛》显然塑造了一个“反成长”的人物形象:小林与其外部环境构成的不是对立、反抗、改造的关系,表达的不是“人定胜天”的人的主动性和主体性这一现代主题。至少在表面的逻辑上不是这一主题;而是个人如何被环境制约、同化、改造以与环境相调适的被动性与受动性的关系,表达的是个人的死亡,主体性的丧失之一反启蒙、反现代的主题。即刘震云在不同场合所强调的“磨损与丧失”这一主题①。如果我们完全无条件地接受这表层的叙述逻辑,我们根本上无法得出刘震云具有“人文意图”与“社会批判立场”的结论,除非我们对“鸡毛与蚂蚁”做出更深层、反表层逻辑的更符合作者原意的阐释。

事实上,“鸡毛与蚂蚁”的意象出现在小林的梦境中,对小林、对刘震云来说都不是一个无意为之的简单讯号,或者说,这一意象适时地出现在小林“成熟”时的梦境中,显然与小林自身的处境及对这种处境的意识与焦虑有关。梦境言说的是

① 参阅《磨损与丧失》,《中篇小说选刊》1991 年第 2 期。

人在理智状态下无法反抗的现实，无法实现的愿望，是对现实处境的深层焦虑，是对现实的一种反叛方式。也就是说，梦境中有一个与现实逻辑相反的逻辑，是对现实逻辑的批判与改写；在现实中被磨损、改造得面目全非的小林接受了生活的“磨损”与“自我丧失”的事实，但在内心深处，在潜意识中对这种“磨损与丧失”充满了深深的恐惧与焦虑，在抗拒、批判着这种被同化和自我丧失的处境。“蚂蚁”这一意象与卡夫卡笔下的格里高尔变成甲虫这一隐喻有着异曲同工之妙，它再确切不过地诉说着个人遭受异化与客体化的深层痛苦与恐惧，是对客体环境的抗议与无力驾驭自我的自我否定与批判。小林梦境中所揭示的具体情境：“黑压压无边无际的人群向前涌动，又变成一队队祈雨的蚂蚁”，也有力地暗示着人与蚂蚁之间的隐喻关系及在文化语义上的关联；千人一面，万人同声的人群（让人想起鲁迅的“庸众”概念）就是无感情、无意识、无个性、无自我的蚂蚁。或者说，蚂蚁正是丧失自我堕入千人一面的庸众状态后内心焦虑与反抗的意象，表述的正是一个“自我意识的哲学问题”。这一似曾相识的情景让我们联想起陈凯歌在电影《黄土地》结尾处所创造的那经典一幕：黑压压的人群（其能指就是愚昧、盲从、无个性）在喧天的锣鼓与盈天的黄土中到远方祈雨，在黑压压的人群之间逆向走出来了头戴柳条帽的少年憨憨（个人觉醒、叛逆、走向文明的象征）。陈凯歌创造的这一经典影像，几乎就是对小林梦境的生动诠释。或者说小林是在遭遇了近似的困境（反个人、反启蒙，作为整体氛围的愚昧）后的影像在他的梦境中得以重现。

如果能够接受对“蚂蚁”意象的文化阐释，就不难找出“鸡毛与皮屑”这一与蚂蚁相关意象在生活中的对应物，就是“单位”与“家”中复杂得千头万绪让人撕捋不清的鸡毛蒜皮：豆腐、蜂窝煤与大白菜，同事之间的钩心斗角、谄媚与陷害，夫妻及邻里之间的失和与媾和，拉关系、走后门，等等，它对外于个人、个人的自由生存构成严重威胁，同时又是渗透到个人生存的所有空间，与个人有着剪不断理还乱的复杂联系的各种生活因素的综合隐喻。“鸡毛与皮屑”这一意象鲜明的身体特征意在突出它与个人生存的亲切感与无所不在的性质，它的柔软与琐细则突出了它以混乱、深陷、消磨为特征的非人文性质，从这种意义上来说，梦境中所说的躺在上边睡觉“柔软舒服，度年如日”就不能不被理解为作者的反讽。

尽管小林的梦境中没有出现类似《黄土地》中的憨憨这一乐观主义的启蒙性符号，但“鸡毛与蚂蚁”这一深刻的隐喻对个人异化处境的令人毛骨悚然的暗示已经隐约传达出作者的“人文意图”与“社会批判立场”。著名诗人与诗论家郑敏在评论新时期诗歌创作中的“时兴写客观，于是叙事之风大盛”的现象时说：“诚然叙事和日常生活在六七十年代的美国诗中也很普通，其特点是从写平淡无奇的日常生活中透出诗人对历史、人生、文化、时代的强烈感受。使读者在不经心的阅读中猛然意识到平庸的外表后一种强烈的情感波动或犀利的批判，因而在一惊中得到认识的提高与审美的飞跃。”①郑敏虽然在这里具体谈论是诗歌，但是我以为它涉及了一个对其他文学样式同样适用的“诗学”问题：“平淡无奇的日常生活中”应“透出诗人对历史、人生、文化、时代的强烈感受”，“平庸的外表后”就蕴蓄着“强烈的情感波动或犀利的批判”。而《一地鸡毛》之所以在“新写实小说”普遍的“外表平庸”、精神亦平庸的流弊中能够显示出刘震云非同凡响的“人文意图”与“社会批判立场”，很大程度上就来自“鸡毛与蚂蚁”的深刻隐喻所带来的“在不经心的阅读中”产生的惊鸿一瞥的震惊效果。

“鸡毛与蚂蚁”不仅是一个象征，而且是一个特殊的、与20世纪的某些著名象征意象如鲁迅的铁屋子、卡夫卡的城堡、钱锺书的围城与鸟笼既相似又相异的象征与隐喻。尽管“鸡毛与蚂蚁”所关联的语境及所指涉的语义与“铁屋子”“城堡”“围城”“鸟笼”不尽相同，但在“被困”与“困”的主客体关系体制中，“一地鸡毛”与“铁屋子”“城堡”“鸟笼”有着同构甚至同质的特性。即它们都具有先在的、不容置疑的客体性；具有

---

① 郑敏：《新诗百年探索与后新诗潮》，《文学评论》1998年第4期。

外在的、封闭的、围困的强制性；具有坚硬、冷酷、纠缠、羁绊、磨损的无机性与异己性。相应地，在这种客体所营造的巨大的“困境”中，主体被迫地成为“庸众”“甲虫”与“蚂蚁”，即人的非人化、有机性的主体被无情地客体化的悲剧性。对这种“非人文”“反人文”的人生困境的揭示，成为这些著名意象不仅在结构上而且在主题上也趋向或达到一致的基础。

所不同的可能是，“一地鸡毛”的意象与“铁屋子”“城堡”等意象相比少了一些坚硬、冷酷、阴森的气氛与色调，多了一些柔软、温暖、温和、纷乱的格调，因此，小林躺在其中才“柔软舒服，度年如日”，但是，正是因为它的柔软、温暖和纷乱，才更显示出它的纠缠、无孔不入的与主体身体的切近性（鸡毛与皮屑均具有身体性）及它的羁绊，“剪不断，理还乱”的与情绪、与精神的相异性。“鸡毛与皮屑”与你的身体如此贴近，或者说就是你身体的一部分，但它又时时困扰、磨损着你的精神与灵魂，使你丧失耐心与热情，它是让每个人置身其中的怪圈，一个鲁迅笔下的“无物之阵”。“一地鸡毛”在纹理与质地、在色彩与氛围上与“铁屋子”及“城堡”的不同主要是由于它们所指称的语境的不同，以及在不同语境中作家体验、感受、想象方式的不同造成的。20 世纪初的中国与捷克所提供的文学语境是近似的：强大的封建性（政治上、法律上、道德伦理上的）造成个人的压抑与不觉醒。个人与其对立面在力量对比关系中的不对称，以及二者矛盾性质所具有的鲜明而强烈的意识形态色彩，都使作家在其感受性上体验到一种压抑、冷酷、阴森、可怖的基调，这种“冷”“阴”的基调就成为想象中“铁”与“石”的（“铁屋子”“城堡”）诱因与基础。而小林生活其中的中国20世纪80年代恰恰是社会生活由鲜明而强烈的意识形态化向世俗化“转型”的时期，是有着肌肤之亲的日常生活、世俗性的人生经验与“个人”构成一种更加特殊的客体与主体、环境与个人互相缠绕、难解难分的格局，这一特殊的文学语境促成了“一地鸡毛”这一象征意象在其想象性上较多地呈现出“暖”的“乱”的特征。应该说，“一地鸡毛”是一个有着鲜明的当下性质的深刻隐喻。

原文发表于《名作欣赏》2005年第5期

知识分子的“围城”与“花园”

——评静心的长篇小说《迷旋花园》

一

一个由清一色的女人组成的研究所里，平时虽人人各怀其志，倒也能相安无事地工作生活，但某一天，所里最无足轻重的办事员小方透露了一个消息：所里要设置一个新的处室，负责协调各个研究室之间的工作。这一不胫而走的消息像一柄达摩克利斯之剑让这群女人感到了生存的危机，她们调动起几乎所有的智慧与能量以各自不同的方式加入了这场权力之争。《迷旋花园》以中国当下的都市生活为对象，所聚焦的是一个科研单位的几个女人围绕权力之争演绎的是是非非，事件本身虽说不上是什么“暴风骤雨”或“大波”，充其量只能算作“死水微澜”或日常性的“风波”，但恰恰是“一件小事”搅动了一池春水，使主人公们的生活与心态失去均衡与常态，在泛起的涟漪与翻滚的漩涡中让我们看到了当下都市生活沉重、无奈，而又无法躲避的本相，看到了当代知识分子在权力的操控下受拨弄的尴尬的命运，以及他们在追逐权力的过程中焦虑不安的心灵状态和所暴露出的“劣根性”。

二

在米歇尔·福柯看来，知识就是权力。知识分子因为掌握知识，拥有某种言说的能力，而成为权力的拥有者。福柯的“权力”显然是话语层面上的，这种权力对于中国的知识分子似乎还有些奢侈，因为一种更加现实的、也更有分量的权力——政治和行政权力，首先将知识分子置于一种你死我活的纷争状态，知识的生产与言说反而变得不重要了，或者干脆变成了谋求政治权力的手段与砝码。《迷旎花园》揭示了权力与知识分子被双重异化的状态。

首先，权力像一根魔棒，在弄权者手里它是一个被轻轻挥弄但法力无边的工具，可以将追逐权力的知识分子玩弄于股掌之上。老钱身兼所长与书记两职，在研究所大权在握。在面临退休时为了将自己的亲信——无貌、无德又无才的小方提拔为副处级干部，便处心积虑地要在研究所设立一个协调部门，来协调各研究室之间的工作，并让小方以“小道消息”的方式在研究所里传播。当研究室主任赵潇潇和李雨馥争先恐后向她送礼求情的时候，她用“要勇挑重担”分别向两人暗示掌权的可能性，并用两双丝袜回报两人的赠礼，从而获得两人的信赖与好感。在她们两人都相信自己势在必得的时候，老钱却将权力交给了老实巴交、无意掌权的副研究员辛梅，从而为小方的实际的执掌权力布置好了空间。权力在这里已经不是真正意义上的权力，不具有任何正面的、生产性的价值，而是完全变成了弄权者玩弄的权术，一种破坏性的、耗散性的人际关系网络和实现个人野心与谋取私利的工具。权力招致全面的异化。

可悲的是，权力这根魔棒在众多的知识分子眼里像一个闪闪发光的金器，激发起他们穷追不舍的热情。赵潇潇一从小方那儿得知增设新处室的消息，第一个念头就是：“所谓协调，其实就是领导。论行政级别怎么着也得比研究室高。研究室都是处级了，它还在处级以上，那还不是副局?”紧接着想到的就是和局长挂钩的一所大房子。权力意味着领导他人，意味着唾手可得的物质利益，还能不趋之若鹜？为了把理想变成现实，单位里所有的同事都变成了对手和敌人。李雨馥听到消息后的反应是相同的：“协调几个部门？说白了也就是领导几个部门吧？……俗话说：官大一级压死人，没听说过官小一级怎么样的。”于是，在预测了自己的敌人和朋友后，开始了合纵连横。一个小小的研究所，一群各怀其志的知识分子，为了一个不伦不类的职位，大家相互提防，相互攻讦；自以为得计时的沾沾自喜，不能如愿时的失魂落魄；你争我夺，机关算尽，到头来却是鹬蚌相争，渔翁得利。一场荒唐的权力游戏让知识分子丑态毕露。

在福柯眼里，权力并不都是负面的、压抑性和破坏性的。但是，与知识无关的、只与私利、野心、统治他人有关的权力又如何呢？所谓的“研究所”并没有研究和知识有关的学问，而是一个不折不扣的官场，一个充斥阴谋与算计的陷阱，一个知识分子自造的、深陷其中的“围城”。《迷旋花园》描绘的是当代知识分子异化权力又为权力所异化的悲喜剧。

三

当然，《迷旋花园》不是一部“官场现形记”，它不仅暴露了官场的黑暗，且平面地描摹了一份社会档案，而在于它纵深的开掘使对社会现实的描摹过渡、深化到对人的生存现实的逼真呈现。小说沿着两个方向的延伸使它变成了真正意义上的人生小说，而不仅仅是一部暴露社会问题的“问题小说”。一是小说描写的场景由单位向家庭延伸，单位的权力之争成为家庭生活中的一个巨大的阴影，使日常生活危机四伏。这当然不仅是描写领域的扩大，同时是小说意义内涵的扩大。小说中有一个细节相当能说明问题。李雨馥与丈夫晚上在床上讨论单位的权力之争，而丈夫此时对她的身体更感兴趣。当丈夫“性”趣盎然地沉浸在做爱的欢乐中时，她仍然纠缠于单位的是非之争，由此引起丈夫的不满；同样，没有进入做爱情境中的她，看着丈夫的动作是如此可笑。这一细节一方面让我们看到权力对自然人（人性）的异化，做爱成了机械式的表演；另一方面则是哲理性的启迪——人在认真地做着某事时，这种认真在旁观者眼里应该是很可笑的吧？虽说做着的人并不自知——出自小说中的这句话辐射力是相当强的，它既实在地指向了丈夫（也包括李雨馥本人的）行为的荒谬性，又普泛地指向了人生的表演性。二是描写的“场景”向心理世界延伸。单位的权力之争不仅给家庭、婚姻等日常生活、伦常关系抹上了浓重的阴影，而且对个人的心理、精神存在状态产生了剧烈的干扰。小方的一句传言，将几个女人同时抛入了惶恐、焦虑、猜忌、患得患失的非本真的生存状态，不仅热衷权力之争的赵潇潇、李雨馥备受煎熬，即使与世无争的美人儿白云和老实忠厚的辛梅也因被动地扯进权力纠纷而对对方心存不满。权力异化人、异化了人与人之间的关系，也异化了个人本真的生存状态。小说对权力运作状态下人心的孤独、寂寞、冷酷、隔膜、鄙琐、机变、虚伪的呈现达到了令人震惊的程度。这部小说对单位——权力场域、家庭——日常生活场域、心灵世界——个人存在场域的逼真刻画，及其对三者关系在艺术上匠心独运的处理，使它既具有社会现实感与当下性，又表现了人性的丰富性与复杂性。

四

《迷旋花园》所涉猎的生活场景与人生经验具有十足的当下性、日常性与世俗性，小说对此的叙述也采取近距离、有亲和力的写实笔法，但架构这些经验的故事本身却具有很强的虚拟性。这里所谓虚拟性，并非说故事不真实，而是说，作者基于对生活的理解、基于可然律创造出自己的故事，这故事本身就是一种意义结构，体现着作者的高度的理性认知与审美判断。小方关于要提拔干部的传言像一个神秘的咒语，所有的当事者的神经被调动起来进入了一场神经兮兮的对决，最积极、英勇的参与者两手空空、一无所获，而旁观者却渔翁得利，不战而胜。这是一个当代生活中的“鹬蚌相争，渔翁得利”的故事——这一故事结构显然是对当代权力关系的抽象与概括，具有某种虚拟性和象喻性。正因为有了这种艺术的假定性视角，故事中的人物对权力的真诚、痴迷的追逐，看起来更像一个个线偶一样被权利的欲望所操纵，投入一场毫无意义的游戏，显示、暴露出人生的表演性与悲剧性。这种将"无价值的东西撕裂给人看"审美态度，显然源自作者所秉持的对世俗生活形态的批判立场、一种超越性的人文价值关怀。

《迷旋花园》对世俗生活的穿透力还得益于小说对正面的、理想价值的阐扬，其叙述上的重要策略就是"花园"这一象征符码的成功设置与运用。"花园"意象在小说中有两种存在形态和相应的功能。一是自然形态的、真实的花园，它偏居一隅、面积很小，但它种草植树、花繁叶茂，其功能是反衬现代都市畸形发展造成的拥挤、狭窄、嘈杂与混乱；二是象征意义上的、虚幻状态的"花园"。在这种意义上，"花园"与"家园"同义，是诗性生存、精神栖息的场所，它与作者所实写的单位、家庭等世俗性的场所构成强烈的对比，其功能则是反衬出世俗生活、权力关系的混乱、纠缠，彰显出世俗生活的异己性、压迫性（让人想起鲁迅的《铁屋子》、钱锺书的《围城》、刘震云的《一地鸡毛》等经典隐喻）。"花园"这一积极、理想形态的象征意象的设置，使作者对世俗生活、对当代人非本真的生存状态的批判有了一种价值的依托。

《迷旋花园》甚至让我们意识到命名一种新的小说类型的必要性与可能性。这类小说的典型特征是：对复杂的当下生活的直面与严格的写实，但并不像"新写实小说"那样屈服于当下生活的沉重与散乱，以犬儒主义的姿态面对生活的挑战；具有生活的穿透力、精神的高度，甚至形而上的思辨的前卫性，但并不“玩形式”“装深沉”，而是很好地融入故事与场景之中。这类小说要求作者有一种积极的入世心态，只有这样才能把握当下生活的质感，同时，他又要求作者具有“站在人生边上”的清醒与睿智，只有这样，才能看透人生的表演性及悲剧感。这样一种“内遇而外求”的写作立场，是一种典型的人文知识分子立场，而这类小说可以看作是当下世俗生活语境所期许的典型的“人文小说”。但是这类小说对世俗生活的异己性、压迫性缺乏辨识、缺乏透析、缺乏应有的批判、缺乏知识分子对人文义务的担当。

原文发表于《文艺理论与研究》2006 年第 2 期

历史研究、文本细读、理论品格

——评“明伦学术书系”

2005年12月和2006年6月，河南大学出版社分两批出版了一套现当代文学研究的学术丛书：明伦学术书系。“书系”一套8本，由河南大学现当代文学学科的8位年轻博士在他们各自的博士学位论文的基础上修改、增补完成，因此可以说，“明伦学术书系”是一套博士学术丛书。

在不少学人的心目中，可能会有一种标准或者是期待：博士学位论文因其“规格”之高及“规范”之严，在选题的规模、角度、原创性，材料的收集、运用、阐释，研究模式的严谨性、科学性等方面应该有更高的要求、更高的水平。事实确乎应该如此：作为获取最高学位的标志性研究成果，博士学位论文在某一学科的知识积累、研究范式的创新、学术领域与学术思想的开拓等方面应该有自己的贡献。要求每一篇博士学位论文在所有方面都有所创新是不切实际的，但上述标准，至少从某一个，或某些方面来考量、评价一部学术著作不失为一个有效的和较高的论述基点。“明伦学术书系”的8部著述风格各异，水平也不十分均齐，但就笔者的阅读感受而言，其中的每一部都有明确的问题意识和切实可行的解决问题的方法与途径，选题、立论据史、据实（史料与文本）而出，显示出较强的历史感；对材料的梳理、阐释，对文本的解读，阐释模式、方法的选择表现出较强的理论意识；因此，整体而言，这是一套学风踏实、言之有物、言之成理，结论信实可靠的学术丛书。

一

《晚清狭邪小说研究新论》（侯运华著）与《传统与现代之间的探询——吴趼人小说研究》（胡全章著）的研究对象属于传统专业分期中的“近代文学”这一范畴，而“近代文学”尤其是对晚清文学的研究是近年学术研究的热点之一。这一研究取向和海外“汉学”的“现代性”论述有关，特别是和王德威先生“没有晚清，何来‘五四’”的质疑和陈述有关。“现代性”论述是一种新的观念、新的视野，当然对拓展现代文学的研究是有益的。但是，像很多学者已经意识到的那样，“现代性”作为一个包容性极强、内涵和外延都难以确定的分析范畴，以它为核心展开的分析研究是另一种形式的“宏大叙事”，在揭示某些真相的同时，又造成新的遮蔽——“现代性”论述以其“宏观”视野（政治、经济、科技、文化等无不纳入其论述范围）成就了所谓的“文化研究”，而具体的文学问题可能被轻忽和遮蔽。不能说《晚清狭邪小说新论》与《传统与现代之间的探询——吴趼人小说研究》没有受到“现代性”论述的影响，但从选题到论证应该说更多地显示了河南大学近现代文学研究的学术传统的传承与发扬，即以精细的个案研究来打通近现代文学史的脉络。

“狭邪小说”是特殊时代的特殊产物，其流派的特征非常突出，比如人物形象以名士、妓女、鸭人为主；生活场景则主要聚焦于妓院、烟馆、戏场等烟粉场所。正因为如此，对“狭邪小说”的评价就极容易取社会政治视角或道德视角做出简单的判断。《晚清狭邪小说新论》对此显然有清醒的认识并认真地应对。在广泛阅读“狭邪小说”主要文本的基础上，作者做出了这样的定位与分析策略：“由于研究对象是以描写个人精神追求和休闲生活为主，而非以表现社会思潮为主的小说流派，因此本书采用以人为本的策略，即把握住作为文本行为主体的名士名妓，分析其存在状态、主体意识、情感特征、分化组合等，由此展开对文本的阐释。在澄清这些问题之后，再总括其休闲特色、现代意蕴、原型沿革与叙事特征。”①由于作者对研究对象有新的认知并以新的方法与策略进行分析，使作者能够有不少新的发现，如通过文本分析发现了晚清名士在特定的政治经济氛围中的“休闲”特征，名士们的这一生存状态很大程度上又决定了“狭邪小说”与士大夫道德传统不同的“现代意蕴”。这一论述是新颖的，也切合近代上海城市化进程中名士的生存状况与精神状态。论文对“狭邪小说”进行的原型剖析和叙事学阐释，既凸显了此派小说的文化内蕴，也概括出了其叙事特征的过渡色彩。《晚清狭邪小说新论》并没有孤立、封闭地论述“狭邪小说”，而是将它放置到历史文化的格局内和文学史的链条中，从而凸显出它的文化个性与文学史地位。

《传统与现代之间的探询——吴趼人小说研究》选择了一个更细小的个案——吴趼人的小说作为研究对象。个案研究作为一种研究模式常常出现的问题是狭隘性和孤立性，见山言山，见树说树，一叶障目，不见森林。究其原因，盖出于选题不具有代表性和典型性，作者视野的狭窄和学术准备不足等。由于吴趼人小说创作在晚清文学当中的特殊地位和典型性，以它为个案是一个合适的选题。著者在研究方法上将宏观考

① 侯运华：《晚清狭邪小说新论》，河南大学出版社，2005，第4页。

察和微观分析，历史文化研究与叙事学、文体学结合起来，既注意对晚清社会文化与新小说这一“面”的横向考察，又着意突出对吴趼人小说这一“点”的深挖，始终将吴趼人小说置于中国小说由传统向现代艰难嬗变的过程中来考察，这种学术眼光、问题意识，以及解决问题的方法是值得肯定的。

孟庆澍的《无政府主义与五四新文化——围绕〈新青年〉同人所作的考察》选择了另外一种个案——作为政治思潮的无政府主义，来考察它与“五四”新文化的内在关系。本书通过探讨无政府主义这一激进政治思潮对“五四”新文化的潜在影响，揭示了近现代以来文化激进主义产生的部分历史根源与理论实质。全书以理论阐发和文本细读相结合的方式，对无政府主义与钱玄同、陈独秀、周作人、鲁迅等《新青年》的主要成员之间的关系进行了细致的考察和阐释。作者指出，无政府主义的兴起是“五四”前后的一系列思想文化事件如汉字改革、工读互助团、新村运动的意识形态动因。《新青年》作者群对这些事件的积极参与，正表明了启蒙主义与激进主义政治思潮之间存在深刻而本质的联系。同时，“五四”后期知识分子的思想转向也与无政府主义的退潮不无关系。

从论题的性质来说，作者选择的是一个思想史的命题，而不是一个纯粹的文学命题；其运思的路径显然突破了一切以“五四”为起点、高潮，同时也是终点的、单质化、“纪元”式的

"五四"新文化观;不是以"五四"为逻辑起点,而是反身对"五四"的思想脉流和精神源头做发生学的追根溯源。鉴于"五四"作为一个单质的文化现象、一种时间的起源,问题论证的逻辑起点仍然是一个强大的事实,以无政府主义为切入点所做的思想史的考察,其意义是不言而喻的:"五四"新文化有着复杂的思想源头,其思想和文化内涵不可能是纯粹的、单质化的。该书史料丰富翔实,概念界定准确,论述框架合理、层次清晰,具有较纯正的学术色彩和较强的说服力。

二

就研究对象的时间规定性而言,"明伦学术书系"中有四部是针对传统的"现代文学"展开的论述,这就是《中国现代小说范畴论》(刘涛著)、《京派小说诗学研究》(刘进才著)、《再生与流变——中国现代文学中的古典主义》(白春超著)与《现代性与古典传统——论中国现代文学中的"古典倾向"》(武新军著)。

如果对题目做望文生义的理解,《中国现代小说范畴论》更有可能被看作一部纯粹理论演绎或理论阐释的著作,而事实上,它处理的主要是一个历史性的命题,即以人物、心理、结构、环境、视角一人称、短篇小说等小说的基本范畴为对象,论述这些概念范畴为什么会出现，它们的出现意味着什么，作为西方文化输入的产物，它们是怎样进入中国的，进入中国后，它们对现代小说创作和现代小说理论会有怎样的影响，作为一个个概念范畴，它们是如何被现代作家、理论家所引用、传播、阐释和发展的。显而易见，这部著作是对小说理论的概念生成史、发展史所做的研究，是从历史还原的角度对中国现代小说理论发展的过程和脉络所做的追踪、摄迹，是一种谱系学、学术史的研究思路。概念、范畴是对感性经验的概括与总结，是由感性思维上升为理性思维，由感性经验上升为理性经验，凝练成理论成果的重要环节，对概念和范畴作学术史的研究，实际上是在发生学的意义上作观念史与理论史的研究，既具有历史研究的经验性质，也具有理论研究的思辨性、概括性，其学术价值是无须争辩的。鉴于诸多小说概念在其初创时期和使用过程中的混乱、芜杂，要对其做出梳理、甄辨，放置到历史的线条和理论的格局中来论述，其难度是可想而知的。或许是这个原因，尽管其理论价值和学术意义非常大，从这一角度展开的研究还非常鲜见，《中国现代小说范畴论》的出现是特别值得推荐的。

对“现代文学”的研究有多种角度、多种思路、多种层面，但无论从哪种角度与思路展开，都有一个潜在的动机和落脚点，即“现代文学”之成为“现代”文学的特质是什么，它是如何发生的。从文学运动、思潮、社团、流派，乃至作家作品展开的论述，都脱离不开这一现代性论述的框架。《中国现代小说范畴论》的基本叙述体例即是分别以人物、环境、视角、短篇小说作为小说的结构性范畴，历史性地考察这些范畴是如何从西方被中国作家和理论家介绍、借鉴，并建构起中国现代的小说观念与小说理论。这一论述角度如果处理不好，就会得出一个简单的结论——事实上也是不少人所坚持和信奉的结论——中国现代小说观念、理论形态的建立就是一个"西化"的过程。《中国现代小说范畴论》显然注意到了这一点，从而避免了现代性论述中最常见，也最习焉不察的偏颇——中国现代性的建立只是一个接受和被影响的过程。《中国现代小说范畴论》在考察每一个小说范畴在中国"落户"的历史过程中，都注意到相应范畴在中国的历史资源，以及这些资源如何在与西方传入的范畴的交汇融合中建构起中国现代的小说理论。如心理性人物观是现代小说观念建立的核心内容，这种人物观的资源主要来自西方，但是中国人对"心"的不同理解，对小说描写心理的不同方式的理解制约了西方心理小说观念的传播与影响，因此，中国现代小说的人物观就不完全与西方现代小说的人物观相同。又如，中国传统文章理论中的"义法"批评也同样参与了中国现代小说结构范畴的建构过程。作者自己确定的研究任务是："从历史还原的角度对中国现代小说理论发展的过程和脉络进行梳理，在这种梳理过程中认识中国现代小说理论的自身形态。”①在我看来，这种“历史还原”除了从丰富、芜杂的原始材料中梳理出小说范畴的建构过程以外，更重要的是这种面对强大的西方话语时客观、历史化的姿态。

在纯粹以政治标准书写文学史的僵滞格局被打破以后，京派小说是学术界一个持续增温的研究热点，京派小说的代表人物沈从文、废名等更是受到了特殊的关注，研究成果可谓层出不穷。京派小说研究在被极大推进的同时，也存在着明显的问题：要么在肯定“京派小说”艺术价值与审美意味的同时批评其社会功利价值的缺失；要么肯定它是有社会价值的，同时又批评其对艺术形式技巧的单纯化追求。总之，在京派小说的研究中，艺术、审美价值与思想和社会意义被分裂为无法统一的二元存在。正是基于这样的问题意识，《京派小说诗学研究》选择了“诗学研究”这一研究范式。而且，作者所认识、定位的“诗学研究”并不仅仅是以形式与技巧分析为全部内容的“形式诗学”，而是包含了“形式诗学”与“文化诗学”内在的、有机的结合。也就是作者所说的：“力图超越已有的研究范式，在京派小说形式诗学研究的基础上走向文化诗学的

① 刘涛：《中国现代小说范畴论·后记》，河南大学出版社，2005，第276页。

考察，也就是把小说文本的叙述与文化研究结合起来。”①

形式诗学与文化诗学的会通显然为作者的研究开拓出崭新的空间，对京派小说的认知有了更贴近对象的新的发现。表现在几个方面。首先，不是从“形式诗学”一般的常识与理念出发，而是在深刻理解京派小说的基础上提出了一系列切实可行的分析范畴。“意象叙事”“还乡模式”“残缺家庭模式”“回忆的诗学”等新的阐释范畴取代了小说文本分析中常用的“视角”“节奏”“功能”“预叙”等常见范畴，这些新的范畴既具有进入文本，解析、阐释文本的有效性，同时又能够自然、顺利地导入对文本的文化意义的解读与阐释。比如作者以“归乡—离乡”概括京派小说的情节模式，更从这种文本的形式层面读出了它的文化意义，即“京派作家面对城市与乡村的矛盾与彷徨的文化心态”②。其次，即使是一些具有较纯粹形式意味的范畴，如时间、空间、视角等，作者通过精细的文本解读，也能见微知著地发掘、体会其中的文化意味，丰富了对京派小说的研究。再次，一系列兼具形式分析与文化分析功能的范畴的建立与有序的组合，实际上走通了一条恰切的对京派小说进行有效阐释的解释模式，经由这样的阐释，京派小说作为

---

① 刘进才:《京派小说诗学研究》，河南大学出版社，2005，第 7 页。

② 刘进才:《京派小说诗学研究》，河南大学出版社，2005，第 117 页。

一个有独特个性的小说流派，其特殊的审美风貌与文化蕴涵能够作为一个有机的整体被认知，从而弥合了京派小说研究中形式、审美与社会文化评价分裂的尴尬局面。黄修己先生在为本书作的序言中，描述自己原来对“京派”能否作为一个文学流派是持怀疑态度的，读了这部书稿之后才打消了怀疑，促成这种转变的主要原因是这部书稿“从审美的角度，重点总结沈从文等作家的小说在美学上的共同追求和倾向，为他们构筑其诗学的体系”①。黄先生对京派小说认知的转变过程，特别有力地说明了这部著作的“诗学研究”的有效性和价值所在。

在“明伦学术书系”中，有两部著作不约而同地选择了中国现代文学中的古典主义作为研究对象。《现代性与古典传统》一书使用的是“古典倾向”这一命名，并在书中专门就为什么不使用古典主义这一概念做出了说明。他的主要用意在于和历史上的古典主义做出区分，并强调中国现代文学中的古典倾向者的现代特质以及与同时代其他思潮的复杂纠缠。《再生与流变》直接使用了“古典主义”这一命名，但它同样说明此古典主义不是欧洲文学历史中“古典主义”思潮的搬演，而是在具体、复杂的中国语境中的“再生与流变”。事实上，两

① 黄修己：《京派小说诗学研究·序》，河南大学出版社，2005，第3页。

者研究的对象基本一致,即以学衡派、新月派、梁实秋、京派为研究主体,而在“主义”与“倾向”的看法上也大致趋同,即承认在现代文学的发生与发展的过程中存在守成倾向,突出强调文学的道德性与审美性的思潮,并对其进行历史的和理论上的分析与评价。因此,两部著作尽管使用了不同的概念,但研究对象和整体思路是大体一致的。在下文中,笔者将首先对二者作为一个共同课题的学术价值与意义做些分析;但是,二者的学术个性也是明显的,因此随后我也对二者的主要不同做些比较说明。

中国现代文学生成的语境是政治、经济、军事、外交等全面的危机,内忧外患是时代的代表性体征。在这种背景下,趋新求变是社会普遍的、主导性的心理特征,在文化和文学的创造方面带有激进主义思想特征与形式上不拘格调的文学思潮和文学流派成为主流。但是,同样是基于这种背景,政治及文化上的守成主义、美学上的古典主义的生成也带有必然性,只是它的存在方式、运作方式及其特征与占主流的思潮与流派相比更具边缘性、保守性。但是它的存在,它与激进主义的文学思潮的矛盾、龃龉、对话才构成了现代文学立体的、运动的历史生成过程。从现代文学学术史的角度来看,与激进主义的文学思潮普遍受到重视相比,在政治与文化上具有守成倾向,在人性观上强调人性的优美,完整的价值意识、美学上钟情于中和、节制的文化、文学思潮的研究则相对冷落得多。20世纪90年代后，学衡派、新月派、京派等文学流派受到了学界的重视，研究成果陆续出现。但是，将这些流派看作具有相同或相近的价值意识、思维特征、社会文化心理和美学倾向的整体性的思潮进行研究仍然是鲜见的。因此，白春超和武新军共同选择古典主义对上述几个流派进行研究，梳理其历史踪迹，描述其历史面貌和基本特征，进而对这一文学思潮进行文化和美学上的定位，其学术意义，一是填补了此领域研究的空白，将单个的流派研究整合为一条思潮史的线索，从而还原了现代文学一度被遮蔽、割裂的历史整体感；二是对古典主义进行学理上、文化上、美学上的辨析，在学术思想，乃至文化思想上对偏执于激进主义思想一端的积弊是一种有益的救治。

两部著作并不是在同一层面上的相互重复，二者在学术个性上的区别也是明显的。比如，在研究思路和方法上，二者虽然都重视对古典主义做历史性的描述，既注意西方古典主义的强大影响，又充分考虑到本土古典传统的知识渊源，同时也没有遗忘现实语境对古典主义的内在呼唤。但是，在如何处理这些不同的线索的时候，二者是各有侧重的。《再生与流变》特别注重梳理中国文学经验所生发出的古典主义精神，以及这种古典主义在现代文学中演进的历史线索；而《现代性与古典传统》则在西方古典主义对中国现代文学的影响方面用工尤勤，用力甚巨，德国古典美学、新人文主义思潮、英美早期新批评派的古典主义精神作为一种资源如何被中国现代的文学理论家所接受，在武新军的笔下被做了翔实、细致的传达。由于思路有所差别，相应地，二者论述的结构与学术风格上也有所不同。《再生与流变》对作为美学范畴的古典主义略作辨析，随后将重点转向对中国现代文学中古典主义现象及特征的叙述，作者的叙述以时间为经，以详尽的史料分析和文本解读为纬，系统地描述了中国现代文学中的古典主义生成及发展的脉络，历史品格是它的主要特征。《现代性与古典传统》主要以“古典倾向”为思考的核心，论述古典倾向者在文学与政治、道德、科学，与诗、文、乐、画之间所进行的思考、论辩及所凝结成的成果。这是一个学理性的结构。学理性与思辨性是本书的突出特色。

三

“明伦学术书系”是一套由8篇博士论文组成的学术丛书，并没有统一的指导思想、选题策划、书写体例，而事实上，8部著作也风格各异。但是，8部著作从选题范围来看，涉及了传统的专业划分的“近代”“现代”“当代”等不同的时期，构成了针对现代文学发生、发展全过程的相对完整的研究系列；从研究内容上来看，包括了思潮研究、流派研究、理论范畴的研究、作家个案研究等多种研究范型，因此，将它看作一个“无心插柳”而成的有机系列并不为过。此外，在通读了8部著作以后，感觉这套书系在研究理路和学术特色上也有一些共同的东西值得提出来。

首先是历史研究。现代文学既是一门历史学科，同时又具有很强的当代性与意识形态的性质。20世纪80年代以前，现代文学研究很大程度上被纳入意识形态斗争的框架中，其历史品格受到忽略。20世纪90年代以来，现代文学研究中，历史品格的强化是一个趋势，尤其在博士论文的选题中表现更为明显。“明伦学术书系”中的8部著作选题不同，但将研究对象作为一个客观存在的历史对象进行研究，努力还原其历史本相却是共同的。表现为：一、材料的发掘、梳理与阐释。任何一种历史学科研究的推进都离不开史料的支撑，史料的新发现是推动历史研究往前发展的主要动力之一。“明伦学术书系”中的大部分著作都是在丰富、新鲜的史料基础上立论的，尤其像《无政府主义与五四新文化》《中国现代小说范畴论》等著作是在浩繁的、原始的史料基础上才梳理出历史线索的，这些著作的原生性与历史感正是源自材料的原始性与丰富性。二、实证方法。由于研究对象的多样化，由于近些年在方法论上的积累，“明伦学术书系”中的著作在研究方法上也是丰富多彩的。但是,这些著作使用的最基本的研究方法还是实证,即以大量、凿实的材料推导出观点。这种朴学的实证方法在面对历史课题时,其有效性和魅力依然是超乎寻常的。三、历史主义态度。学术研究中常常犯的一个错误是:由于熟悉自己的研究对象而拔高研究对象,对它们的历史评价失去分寸。“明伦学术书系”中的好几个选题,如“狭邪小说”“京派小说”及两部“古典主义”的选题某种程度上都带有辩诬的意味,对它们的评价掌握不好就会走向另一个极端。值得欣慰的是,几位作者并不因为熟悉自己的对象而偏爱、拔高它们的历史地位。

其次是文本细读。文学史的丰富来自于两个方面,一是史料的新发现;二是对作品意义的新发现,而作品意义的新发现则靠研究者对文本的阅读与阐释。“明伦学术书系”给笔者的另一个强烈感受是对文本细读的强化,对文学创作如此,对理论性、学术性的文本同样如此。由于上文对其他著作都有所涉猎,这里专以沈红芳的《女性叙事的共性与个性——王安忆、铁凝小说创作比较谈》做些说明。沈红芳是八位作者当中唯一的一位女性,她的选题也与其他七位略略有别,她选择的是一个当下性与理论性都较强的论题:通过对当代两位女作家王安忆与铁凝小说创作的比较达到对女性叙事在理论上的认知。谈论个性是容易的,但是仅仅借助两位女性作家的创作谈论女性叙事的共性，并且要上升到性别叙事理论的高度是存在困难的，至少是一个令不少人望而却步的研究课题。但是，读完沈红芳的这部著作基本消除了这种担心和畏惧，真切地感受到了女性叙事的“共性”与“个性”——女性叙事的确与男性叙事存在着差异，而女性作家之间也并不是千人一面。她是如何实现这种研究目标的呢？秘密就在于文本的细读，大量的、细致的文本的阅读、比较、阐释，不仅将两位女性作家的文本进行解剖，而且将男性作家的创作纳入视野和比较的框架中。同样的题材，相似的故事与人物关系，在男性作家笔下是一种展开方式、是一种评价方式与结论，而在女性作家笔下却发生了变化和逆转。男性叙事与女性叙事到底有无区别？在大量的文本分析得出的事实面前你不得不承认，女性叙事有自己的共性与个性，与男性叙事存在差异。文本细读起到了多少理论思辨与逻辑推论都无法替代的作用，它的说服力是让人心悦诚服的。刘思谦教授将这种研究方法及其“说服力”命名为“细读的魅力”①。这种细读的实践表明，借助于对作品细读而获得的理论命名，应该是大部分理论成果获得的主要途径，这种理论才是有生命力的，那些凌空蹈虚的所谓理论是站不住脚的。

---

① 刘思谦：《细读的魅力（代序）》，载《女性叙事的共性与个性——王安忆、铁凝小说创作比较论》，河南大学出版社，2005，第 2 页。

文本细读是理论建构的基本前提，而历史叙述同样和学术研究的理论品格不仅不相矛盾，而且能够相辅相成。对历史还原的程度越高，对历史细节的叙述越全面、越细致，对历史的概括就越准确，规律性的东西就越显豁，对规律性的认识正是理论的品格。“明伦学术书系”大都描述的是现代文学史上的历史对象，属于历史研究的范畴；但是，作者们并不是冷冰冰的局外人，不是掉进故纸堆里拾历史牙慧的书虫，他们通过对自己研究对象的描述，通过对历史文本的解读与阐释，以期还原现代文学历史的本相，同时达到对现代文学发生与演进，文学与经济、政治、文化、性别的关系，外来影响与内部传统等问题的重新审视与规律性的再认识，因此这套书系又具有很强的历史参与意识和理论品格。

原文发表于《中国现代文学研究丛刊》2007 年第 4 期

以“高贵”为特征的“古典主义”

——对21世纪中国小说创作一条精神线索的粗略描述与概括

一

“新时期”文学发生在巨大的民族“创伤”背景下，来自几代人对伤痕累累的身体与心灵的痛彻抚慰与呐喊。不论是从“下放”地和“牛棚”生还的老作家，还是被放逐又重新回归的“归来者”，还是在“广阔天地里大有作为”的知识青年，当“拨乱反正”的大潮以文学为先声被奏响的时候，“感伤”“愤怒”成为文学尤其是小说创作最主要的情感特征；通过书写“被侮辱与被损害的人”，批判极左政治的“非人化”，以人道主义为精神旗帜召唤现实主义回归的文学思潮大行其道，蔚为大观，像汪曾祺的《受戒》《大淖记事》这种清丽典雅、温柔敦厚的充满古典主义气息的作品凤毛麟角且几乎湮没于历史的尘烟中。

走出“伤痕”和“反思”之后的新时期小说朝着两个方向分化，一是以“寻根”之名走向对传统文化的反思，二是与西方现代主义热烈拥抱开辟了“先锋小说”创作的滥觞。毋庸置疑，这两种小说思潮在拓展文学表现人类经验的宽度和深度方面，在小说作为叙事文体的可能限度方面有不小的功绩，但若放在思想史的框架内、放在人文精神的天平上来观察的话，寻根小说和先锋小说的创作更像一次精神现象的“悬置”和“阻滞”，在凌空蹈虚、玄妙莫测的“叙述”之流和思辨漩涡中，人的精神维度脱离了现实的依托之后变得荒诞玄虚、无从捉摸了。

1987 年在文学史上是一个值得记取的年份，这一年，“新写实小说”和“新历史小说”几乎同时浮出历史的地表。尽管存在着聚焦生活经验时限上的不同——新写实小说聚焦当下的日常生活，新历史小说聚焦晚清民国时期的家庭里巷、婚丧嫁娶，但它们不约而同地回避重大历史和社会题材，在精神上似乎有意指向了书写英雄主义和崇高感的“十七年文学”，将诗性、理想、彼岸性、爱情等积极的价值形态的、精神性的东西放逐了。一种打着“还原”的幌子实际是为生活“祛魅”的思潮盛行一时，一股文化犬儒主义的气息完全遮蔽了文学古典主义的光辉。

20 世纪 90 年代是个重商主义的时代，商品、物质、金钱拜物教的潮流汹涌而来。在这一背景下，文学已经无可奈何地边缘化，因此，90 年代被认为是一个没有文学主潮的时代。在这个文学黯然失色的时期，一些文学从业者借着文学商品化的潜流，将身体、性、欲望当作文学炒作的噱头，一时间，“身体写作”“私密化写作”“下半身写作”的风尚甚嚣尘上。

但是可喜的是，在 20 世纪 90 年代这种商品拜物教的世俗主义背景下，小说创作中仍在孕育着一股清流，一股反物质现代性的清流，一股以书写人之为人的尊严、尊贵、神圣为要旨，不媚俗、不愤激，雍容大气，沉潜淡定的审美现代性的清流。进入 21 世纪，这种激浊扬清的“古典主义”潜流渐渐有了淙淙流淌之势。

二

王安忆的小说创作是这股清流中最持之以恒的，也最突出显扬的一脉。对抗世俗几乎就是王安忆全部写作的秘密。这种与世俗对抗，以良善之心处世待人甚至可追溯至她最初的创作。《雨，沙沙沙》是王安忆的小说处女作，小说写一个叫雯雯的女孩子，在人人都以邻为壑、以人为壑，人人自保、互不信任的社会环境中以良善之心待人并获得美满爱情的故事。在“伤痕小说”一片“凄凄惨惨戚戚”的背景下，这样一种温馨的意境，一个温良恭俭的女孩子雯雯是如此让人心旌摇动。

面对整个的知青岁月，王安忆创作了一个“雯雯系列”。雯雯温和沉潜的眼光，包容内敛的心态，一种润物无声的自我成长，给人以温馨的静穆之美。雯雯是那一时期小说创作中少有的被古典主义光辉所浸润的人物形象。

《长恨歌》当然是一部现实主义的作品，纷繁的日常生活意象支撑起这部小说饱满的肌理，但这部立意非凡的作品有一个古典式的“互文”，或者说，正因了这古典式的“互文”，《长恨歌》超越了一般意义上的写实作品而变得非凡。这一“互文”便是李煜的《相见欢》：“林花谢了春红，太匆匆。无奈朝来寒雨，晚来风。胭脂泪，相留醉，几时重。自是人生长恨，水长东。”有了这首《相见欢》，王琦瑶的悲剧便不是一个人生的偶然；有了这首《相见欢》，便使《长恨歌》生出无限的人生况味，不仅是王琦瑶的，也是你我他的。人生如花开花落，如流水，重逢相见都是枉然，又怎能不长憾于心呢？古典主义式的悲剧感喟使《长恨歌》不再是一部一时一地的作品。

后来读到她的《桃之夭夭》《骄傲的皮匠》和《天香》，更加清晰地看到她以温婉的、慈善的心寻觅着人心的质朴、良善、高贵，在城市的边际角落，或者是在历史的天空中。

《骄傲的皮匠》写的实际上是一个城市的边缘人，一个继承了岳父的手艺的修鞋匠。这样一个从苏北农村迁徙到城市的流浪者，一个从事着几乎是即将销声匿迹的手艺的皮匠何以是“骄傲”的呢？首先，他是一个劳动者，一个家庭衣食住行等生活资料的提供者，一个家庭伦理秩序中的中间力量，具有心神的稳定与自信。二是不与险恶环境同流合污。他洁身自好，通过学习能够准确地进行社会认知和自我认知，有一种发自内心的笃定和自尊。对于别人的轻薄和看不起，他不卑不亢，从容应对。一个长期独居的年轻男人，性的考验是残酷的，但面对楼下河南人与妓女苟且的行为，他是鄙夷的，以断绝往来与之划清界限。最让他骄傲的是他经历了一场看起来发生得悄无声息，但实际上几乎可以称得上一场战争的情事，即皮匠和美丽少妇根娣之间的爱情故事。

这是一则看起来单纯但意蕴又极其丰厚的故事，一个准寓言。至少有三个维度。一是，它是关于自然人性、关于男性力量的一首朴素的小诗。根娣出生于闸北的棚户区，做派是嚣张的，但她又是单纯的、善良的、充满生命气息的，尤其在与金蓉的比衬中，根娣更显出了她的无心机、朴素自然。与皮匠从有口无心的嬉笑，到有情有义的耳鬓厮磨，再到酣畅淋漓的性爱，两人之间的关系发生的是如此自然，是人性水到渠成的自然流淌，没有轻佻，没有亵渎，没有为性而性的商业招徕，也没有卫道士的皮里阳秋的意淫和道貌岸然。二是，这个爱情故事贯穿着两个男人角力、决斗的故事。爷叔是个有过事业辉煌而时下无所事事的上海男人，他被老婆豢养、被金蓉挑逗又冷落，他暴怒时伸手打根娣的履历已经在道德上被等而下之的处理（与皮匠相比），但他是精明的，在力量上也是皮匠的对手。爷叔洞悉了根娣和皮匠之间的“暧昧”，并警告皮匠“兔子不吃窝边草”，这种警告更像是“癞蛤蟆妄想吃天鹅肉”和“谁动了我的奶酪”的失落的提醒。皮匠顾虑着别人的眼光，也顾虑着根娣的丈夫，但他和根娣之间的情事还是发生了，对根娣和皮匠都是义无反顾的。这里边有情之所至的不可阻挡，也夹杂着两个男人之间的角力，甚至是一场决斗，情事的发生像是宣告了旧市民的没落和城市新主人的君临。第三，这的确又是一个充满道德风险的故事。皮匠和根娣有各自的家庭，根娣的丈夫又是一个柔弱的令人同情的角色，皮匠与根娣的情事有落入恃强凌弱、破坏伦理的风险。好在，皮匠不是一个皮肤滥淫之徒，走出激情之后的皮匠意识到了他的伦理职责，他把妻女叫到上海，适时地阻止了情事的继续发展。皮匠不仅战胜了爷叔这样的上海男人，而且战胜了自己，这是一次理性的胜利，在王安忆笔下，沐浴着理性光辉的皮匠看起来像一个圣徒。

皮匠有理由骄傲！这个人有些沉默，但身体充满力量；平时谦逊甚至是谦卑的，关键时候又是敢决断，有勇气的。尤其是他不被激情俘虏，不为之得意忘形，以理智调适自我的能力让我们看到了一个比激情充溢时更强大的皮匠。王安忆用文字垒起了一座雕像，活灵活现地矗立在上海街头！

《桃之夭夭》写一个从来不知父亲是谁的私生女，从小受到别人的冷眼和嘲讽，在家庭中不受母亲的待见，哥哥和姐姐也以少有的残暴和戾气打击她。尽管生长的土壤是贫瘠的，成长的环境又恶劣无比，但郁晓秋不但没有旁逸斜出，成为一个乖戾、邪恶的人，相反平心静气、宽容忍让地待人接物。正是得益于这种心灵品质，她比其他同龄人成长得更为健康，无论是身体还是心灵。在一个似乎一切都颠倒了的时代，在小市民的汪洋大海中，郁晓秋发育茁壮的身体被认为是邪恶的，充满了堕落的危险，她的正直和无心机也被别人理解为憨傻，被人欺侮嘲弄。她真诚地与人相爱，无怨无悔地付出感情和身体，被别人慢待直至抛弃，也不怨不怼。姐姐因为生产早逝，她付出全部身心抚养姐姐留下的孩子，像一个神圣的母亲。她的善良融化了姐夫丧妻后心灵上结下的坚冰，也赢得她甜蜜的爱情和天伦之乐。

我以为《桃之夭夭》在写一个圣母的诞生，而且是在民族创伤背景下，在娩出众多“伤痕儿”和诅咒者的环境中。这个无父的“孽种”是衔着善根降生的，脸上贴着“尊贵”的标签。这圣母当然不是从天而降的，她是在一个几乎可称为肮脏的家庭环境中成长起来的，唯其如此，更显出她出淤泥而不染的神圣与光洁。小说中反复重复一个意向，说郁晓秋像荒芜的土地上挤挤挨挨的杂草中的一棵，竟然长成一棵健康茁壮的小树，结成了饱满丰硕的果实。作者使用“桃之夭夭”这一来自《诗经》的经典诗句命中，不难看出作者在郁晓秋身上所寄寓的深情厚意。“桃之夭夭，灼灼其华。之子于归，宜其室家。桃之夭夭，有蕡其实。之子于归，宜其家室。”尽管像一棵来自贫瘠土地上的荒草，但本着其善良的本性竟然成长为一棵枝繁叶茂、花果繁盛的桃树，这是怎样的奇迹！郁晓秋这样一个质朴、真纯、善良，甚至是以德报怨、以善报恶的“宜室宜家”的女性是作者心目中女性美的理想代表和伦理典范。

无论是从小说的写实框架还是从与《诗经》中《桃之夭夭》这一经典篇什的“互文”关系中生发的隐喻系统，可以看出，郁晓秋不是当代文学人物形象系统中的“女英雄”，不是“知青文学”人物形象系统中的“伤痕青年”，更不是市场经济环境所孕育的“宝贝”系列中的一个成员，尽管她经历了所有产生这些形象类型的社会气候。郁晓秋是古典主义文化和民间理想相结合的产物，是作者的一个伦理理想和女性美的化身。小说结尾处，作者用绘画和雕塑般的语言给我们刻画出这一理想女性的形体与内在精神特质：“她看上去，就像是一个农妇，在自然的、室外的体力劳作和粗鲁的爱中长成、生活的。在她身上，再也找不着‘猫眼’‘工厂间西施’的样子，那都是一种特别活跃的生命力跃出体外，形成鲜明的特质。而如今，这种特质又潜进体内更深刻的部位。就像花，尽力绽开后，花瓣落下，结成果子。外部平息了灿烂的景象，流于平常，内部则在充满，充满，充满，再以一种另外的，肉眼不可见的形式，向外散布，惠及她的周围。”①

近期发表的长篇小说《天香》，可以说达到了“新古典主义”的集大成。不论是小说题材——围绕造园、制墨、刺绣、书法绘画等最能突出中国文化特质的事物展开的故事，还是围绕天香园从建造、扩建到破败展开的申家的由盛而衰的悲剧家族命运，还是小说的艺术风格——从古朴典雅的叙述语言，到对称性的人物关系设计，再到与《红楼梦》的想象与“互文”关系，尤其是小说通过对天香园中几代女性温柔敦厚、多情善良，又隐忍、独立、担当，但终究无法在社会和家庭没落、男权文化桎梏的大环境中立足的悲剧命运的描写，达到对中国古典文化精神的精妙传达，都使这部小说打上鲜明“古典主义”印记，成为“古典主义”标本式的存在。

三

从“古典主义”视角扫描“新时期”小说创作，另一个有典

---

① 王安忆：《桃之夭夭》，北京联合出版公司，2014，第170页。

范意义的个案是池莉的创作——不是她全部的创作，而是她在2000年前后经历类似“托尔斯泰危机”之后的创作转型。自20世纪的80年代后期和90年代，池莉以“还原”“写真正的生活”“平民化”为旗号，创作了大量为市民化意识形态——如对精英知识分子的嘲弄，塑造市民英雄，吁请日常生活的合理性，对爱情、理想主义和诗性生活的消解等——昭彰的作品，使她成为“新写实小说”潮流中的一名干将。这一时期的池莉创作——小说，也包括她围绕小说创作写作的一批散文和创作谈，似乎存在一股难以名状的不平之气，一种怨怒夹杂抗争的激烈情绪，这导致90年代后期小说创作，如《小姐你早》中有一种强烈的愤懑情绪几乎不受叙述约束的倾泻特征，小说这一文体应有的理性节制的美感荡然无存，也导致池莉本人从身体到精神经历一次几乎崩溃的危机。

《熬至滴水成珠》和她20世纪80年代的一篇长篇散文《怎么爱你都不够》一样重要，甚至是一篇更加重要的作品。这篇散文描述了主人公身体和精神危机的发生和自我救助的过程，坦诚地讲述在爱人身边一夜熟睡之后“知春”“懂事”的精神幡然醒悟的过程。如果对比两篇文章，我们发现了一个从不乏深刻的偏执、极端的青年池莉到宽容、温和、豁达的中年池莉的清晰的蜕变脉络。[1] 池莉个人的生活经验和她的小说创作之间存在显而易见的"互文"关系,她对生活的认知会显豁地体现在她的作品中。从她在2001年开始写作的《看麦娘》和2005年完成的《托尔斯泰围巾》可以清晰明确地感知池莉在认知方式、表达方式及美学风格上的变化过程。

《看麦娘》以中年女性易明莉为中心人物和叙事的聚焦点展开故事,核心事件有两个。一个是易明莉到北京寻找"女儿",另一个是通过回忆展示的易明莉本人和上官瑞芳的婚恋故事。这两个事件表现出作为妻子和母亲的易明莉——事实上也是作者内心深处的焦虑:就是一个女人究竟如何面对内心的激情和浪漫?理性和责任在人生中应当摆放在什么样的位置上?一言以蔽之,激情与理性的关系问题成为这篇小说思考的核心命题。

经历了艰难地寻找女儿的过程,易明莉走入了她不熟悉的经验世界,通过对乔万红与郝运这两个神秘莫测的生意人的接触了解,她逐渐了解和同情女儿出走的原因,就像上官瑞芳和易明莉本人追随激情出演了自己的童话故事一样,女儿容容也要出演过自己的童话后方可回归。易明莉从北京回来了,尽管没有找回女儿容容,她也释怀通达了。她到精神病院

① 池莉:《熬至滴水成珠》,作家出版社,2006,第1—26页。

看望了上官瑞芳，尽管以世俗眼光看，上官瑞芳的爱情婚姻一片狼藉，但活在自己世界中的上官瑞芳是平静的，易明莉也有了一种平静和豁达，甚至对自己的世俗丈夫于世杰和不满意的婚姻也多了几分宽容与理解。小说以易明莉的焦灼和激情寻找开始，以她的宽容的理解和豁达的接受结束。小说的古典主义特色既表现在主人公心灵的宁静平和，也表现在叙事和意象系统的对称性和平衡感。

小说中出现了两个高度诗化的意象。一个是炸爆米花者，一个是阉鸡者。少年时期的易明莉和上官瑞芳被出现在城市中的炸爆米花的人所吸引，爆米花的神秘和奇异点燃了她们内心的激情，她们追随着炸爆米花者，不惜从家里偷米、旷课。家长强制驱赶炸爆米花的人造成了两个少女感情上的创伤。在城市的街头两个少女还目睹、追踪过阉鸡人阉鸡的过程。阉鸡者熟练地对年轻的公鸡实施阉割，这一血淋淋的过程及隐藏在阉割背后的恐怖事实让两个少女恐惧得瑟瑟发抖。炸爆米花者和阉鸡者是两个有关激情和惩戒的对称心理意象，一个代表了理想与激情，另一个则代表了规训与惩罚。小说还以船喻指婚姻，用鱼喻指女性：鱼渴望畅游，也渴望将船作为栖息的河岸。鱼和船，爱情与婚姻不再是水火不容的对立关系，而是相互依赖的并存关系。明显可以看出，《看麦娘》是一部转折性的作品，池莉此前作品中爱情婚姻不能两全，激情与理性不能相容，非此即彼的偏执判断不见了，一种豁然的、辩证的视角出现了，小说出现了节制、理性等古典主义的审美风貌。

完成于2005年的中篇小说《托尔斯泰围巾》更具代表性。小说为我们塑造了一个在屈辱中寻找尊严，在别人的鄙视和唾骂中尊贵地活着的小人物形象。

一场滂沱大雨让花桥苑的几十户居民的住房严重受损。集体装修的过程中，装修公司的人暗中做手脚让住户的利益受损，包工头卷钱而逃，却让一个负责肩挑材料上楼的苦力“老扁担”不明不白地代人受过。几十户居民将受骗上当的全部愤怒发泄在“老扁担”身上，他在花桥苑成了人人共愤的公敌。为自证清白，“老扁担”开始了自己艰难的“赎罪”之旅。他放弃了自己的本业，在花桥苑干起了收破烂的营生，而且是只在花桥苑。花桥苑居民敌视他、辱骂他、驱赶他，甚至对他以暴力相向，但他不屈不挠、不言不语、不卑不亢，以自己的执着最终化解了花桥苑居民的怨怒，与大家和解，直至赢得大家的理解与尊重。

对于“老扁担”为什么如此执着地要在花桥苑待下来，小说告诉我们：“老扁担不仅仅只为讨一口饭吃，他还要表达他正直不苟的立身，要守护他作为人的尊严；他要向花桥苑人们证明，他是一个知错即改的人，是一个有道德廉耻的人；如此，他也自然就有了凛然不可侵犯的一面。”

“老扁担”有知识，能阅读，也对知识文化表现出高度尊重。他喜欢俄国作家托尔斯泰，从报纸上读到老年的托尔斯泰离家出走，只围了一条他喜欢的长围巾。“老扁担”也为自己买了一条长围巾，常年戴着，死后还要求给他陪葬。“托尔斯泰围巾”当然是一个隐喻，隐喻着一种信仰，一种精神寄托，一种生存中的坚守。这一形象通过与托尔斯泰的关联，他的苦行、受难、赎罪行为也具有了某种神圣化的光辉。

读《托尔斯泰围巾》，让我们想到鲁迅的《一件小事》和郁达夫的《春风沉醉的晚上》，想到“劳工神圣”和知识分子的自审等现代启蒙主义命题。这一点对池莉而言是非同小可的，因为很长一个时期，池莉是将自己置身于小市民而深感自豪（“我就是小市民”的宣言），而且她的审美与叙述框架也是将作者置于“小市民”（认知和审美对象）之中的。《托尔斯泰围巾》的突破在于，池莉既置身于市民之间同时又清晰地意识到自己知识分子的身份，并通过一种修辞设置从而在两者之间构成一种古典的“透视”关系：一定距离和视角位置上的审视关系，从而达成对“他者”的审视，同时也成就对自我的认知。《托尔斯泰围巾》中有这样一个场景：花桥苑的居民和老扁担达成和解，大家一同在楼下的自行车棚里吃烧烤。“烧烤之夜，我吃了一会儿就上楼回家了。然后伏在阳台上，俯瞰楼下自行车棚的风景。我这个人不行，大众的热闹总是参与不进去。”这个“我”是作者自己的化身，“我”“上楼”后“俯瞰”到的“风景”与池莉过去看到的花楼街（《烦恼人生》）和吉庆街（《生活秀》）的风景是不同的，因为在后者的创作中作者就隐在风景里，藏在市民之中。这种“上楼”后形成的“俯瞰”就是一种特定的“透视”关系，也是这篇小说在叙述主体和叙述对象之间形成的透视关系，这种关系当然不能作“脱离大众”的政治式阅读，而是读成一种认知和审美关系。正是有了这种“透视”关系，作为知识分子的“我”才清晰地“看见”了劳动者老扁担、张华等人的尊严、高贵和神圣，同时也看见自己“皮袍下面藏着的‘小’来”①。后现代主义创作（如“元小说”）是有意识模糊审美过程中的主客体关系的，但它的后果几乎是所有事物的边际模糊，包括价值观的模糊。

四

有意识的古典主义尝试也表现在更年轻的作家群体中，如毕飞宇、金宇澄、葛亮、计文君的近期小说创作。这里仅以《推拿》和《繁花》为例做些论证。

---

① 鲁迅:《鲁迅全集》第一卷，人民文学出版社，2005，第 482 页。

《推拿》罕见地以一群盲人为主角，以他们的工作和爱情生活为主线，写他们的喜怒哀乐。王大夫和都红身是两个有代表性的人物，从他们身上看到了忍耐、尊严、高贵等人性的光辉竟然以如此璀璨夺目的方式绽放出来。相应地，对“残疾人”身上的人性光辉的开发，对所谓正常人表现出的人性的残疾与病态提供了强大的反思与批判力量。

王大夫是小说着笔最多的一个人物，也是盲人群体中最具人格力量的一位。他的人格力量突出地表现在他的道义担当上，在友情、爱情、亲情等伦理层面表现出的比“正常人”还要正常的——毋宁说是高贵的人格品性。他勤勉、宽厚、理解尊重他人，赢得了所有人的尊敬和爱戴。他爱上了小孔，变成了小孔从身体、情感和全部生活的依赖和寄托。他是家中的长子，他把赡养父母和帮助弟弟作为自己的伦理义务。小说中描写他为偿还弟弟的巨额赌债与追债人对峙的场面是最为激动人心的场面。他把菜刀刺进自己的腹肌，任凭血液流淌，以自己的生命与追债人的冷血对赌。他赢得了胜利，但内心被自己以血偿债的“不仗义”行为所折磨，认为自己在父母面前做下了“不体面”的事情。在这一场景中，王大夫这个“不正常”的盲人与他的弟弟这个所谓的正常人形成了鲜明对比，他的高贵、仗义、担当精神暴露了弟弟的猥琐、卑下和真正的不体面。王大夫被塑造成了一个道德与精神上的“超人”。

都红从小就在音乐方面表现出异常的天赋，记忆乐谱这样对普通人异常繁难的事情，她却无师自通。因为都红是个盲人，她的音乐天赋变成了正常人可怜她、同情她、表扬她的身外之物。在一次音乐会上，都红表演了巴赫高难度的三部创意曲，被主持人看作奇迹，因为都红是个“可怜的”残疾人。面对别人的同情和被索取的“报答”，都红意识到她的才艺、天赋因为她的残疾被正常人放大了，这种放大是正常人展示自己优越和同情心的借口，都红受到了更严重的伤害，她毅然决然放弃了音乐，做了一名按摩师。都红在她的人生道路上做出了第一次意义重大的“选择”，她的勇气和尊严得到淋漓尽致的彰显。

都红是一个长得异常美丽的姑娘，电影导演对她美貌的赞美，使都红成为一个“奇迹”。正常人都容易在别人的赞美面前飘飘然，会将美作为一种资源加以利用。但都红在赞美面前表现出惊人的冷静平和，都红坚持做本分的“自己”。但命运似乎对这个年轻美丽的姑娘格外不公，在一次事故中她失去了拇指。面对大家的关心和帮助，都红再次选择出走、选择消失，她不愿意变成朋友的累赘，她以一种更冷峻的方式选择了做人的尊严。在万丈红尘中，在如此多的女性选择依附、出卖自己苟且活着的时候，少女都红像一个精神圣洁的仙女。

无论是在统计学的意义上，还是逻辑推论的意义上，盲人可能并不比生理正常的人更高尚、更纯洁，活得更有尊严，但我义无反顾地为《推拿》点赞，因为毕飞宇也做了一次艰难而又神圣的选择，选择从一群盲人身上发现人性的尊严和高贵，铸造了一座精神的灯塔。

《繁花》是近些年来出现的最为厚重的长篇小说之一。如果透过表面的繁花与繁华，可以悟知这是一部深得古典主义精髓的优秀作品，它写的是表面繁华之下的人的悲剧，有着《红楼梦》“白茫茫大地一片真干净”的悲凉之感，是繁花落尽的苍凉。

小说以阿宝、沪生和小毛为贯穿始终的三个主要人物，围绕他们设计了一群美丽、多情又各具风采的女性形象。阿宝、沪生和小毛代表了上海这个大都市的三个不同的社会阶层工商资本家、外地移入的军队干部和棚户区的普通市民。从美学上来说，我们毋宁将他们看作三位一体的一个人，一个将上海有代表性的社会力量网络在一起的集合体。三个人串联起上海的角角落落与芸芸众生，也串联起改革开放前后的两个历史时代。两个时代都充分调动起上海人身上蕴藏的激情，政治的和经济的激情，主动地或者被动地深深搅入了时代大潮。就像上文提到的王安忆所追问的：“上海高楼大厦、车水马龙，似乎很繁华，可人心呢？”在政治和经济大潮的裹挟下，个人的命运究竟如何呢？三个主人公中，阿宝和沪生经历了载沉载浮的波折后，都似乎成了成功人士，但二人均生活在一种深深的落寞之中。三人中，小毛最为侠义，但他的命运也最让人唏嘘。尤其是小说中的女性形象，虽不能用“千人一哭，万艳同悲”来形容，但她们少有人能获得真正意义上的幸福。小琴和小毛媳妇死了，姝华疯了，李李出家了，梅瑞心气高傲、精于算计，可最后落了个竹篮打水一场空，银凤和小毛的情事暴露后陷入无穷的懊悔。一个个如花似玉的女儿像枝头的繁花都免不了雨打风吹去的命运。

读这篇小说虽可能不免“悲凉之雾，遍被华林”的片面感受，但这样的悲剧认知恰恰表现出作者对人生存质量的深深怜惜，这背后隐藏着的是对人至高无上的价值的高度肯定与敬意。

结　语

古典主义是个复杂的概念，一般认为它有两种用法。一种是将它看作一个历史概念，特指 17、18 世纪欧洲特别是法国的一个文艺思潮；另一种是将它看作美学概念和文学精神。作为美学概念的古典主义推崇理性，强调伦理责任，倾向以悲剧为载体表现人的崇高感。我这里采取古典主义作为分析概念，并不使用它严格和周全的内涵，而是针对现代主义、后现代主义所谓“上帝死了”“人死了”这样的语境下，文学一味地写身体、写性、写欲望，表达所谓的荒诞感、绝望感时，文学创作中还存在着写精神、写气脉、写理性以表达人之为人的神圣感和崇高感的涓涓细流，它是应该被我们记取并加以弘扬的。我把体现这一精神内涵的作品姑且称为是“古典主义”的。

原文发表于《河南师范大学学报》2018 年第 1 期